CHWEDLAU GWERIN CYMRU

ROBIN GWYNDAF

DARLUNIWYD GAN MARGARET D. JONES

2023

Argraffiad cyntaf: 1989
Argraffiad diwygiedig: 2023

Rhif Llyfr Rhyngwladol: 978-1-80099-213-9

Dymuna'r cyhoeddwyr gydnabod cymorth ariannol
Cyngor Llyfrau Cymru

Cyhoeddwyd ac argraffwyd yng Nghymru
ar bapur o goedwigoedd cynaliadwy gan
Y Lolfa Cyf., Talybont, Ceredigion SY24 5HE
e-bost ylolfa@ylolfa.com
gwefan www.ylolfa.com
ffôn 01970 832 304
ffacs 01970 832 782

Cynnwys

'Yntau, Wydion, gorau cyfarwydd yn y byd ydoedd.'
Pedwaredd Gainc y Mabinogi. Ail hanner yr 11eg ganrif.

Countryman: 'We old men are old chronicles, and when our tongues go they are not clocks to tell only the time present, but large books unclasped; and our speeches, like leaves turned over and over, discover wonders that are long past.'
Taflen o'r 17eg ganrif.

'Yr oedd yr hen dŷ a'r beudy a'r ysgubor o dan yr un to, yn adeilad hir isel. Yr oedd côr y gwartheg yn nesaf i'r gegin, a dim ond pared ystyllod, a byddai sŵn y cornio a'r godro a'r pori yn amlwg yn y gegin. Rhiniog fawr dderw i gamu drosti ar waelod pob drws, o'r gegin i'r ysgubor. Y nos gaeaf byddai y wraig a'r forwyn yn nyddu wrth olau y gannwyll frwyn a gwas neu ddau yn gardio wrth y tân, a'r gŵr yn dweud streuon a chwedlau, a phawb yn llawen.'
John Hughes, Llangollen. Llsg. A.W.C. 3021. Cyfeiriad at Weniar, Llansanffraid Glynceiriog, tua 1800.

Is buaine port ná glór na n-éan,
Is buaine focal ná toice an tsaoil.
Dihareb Wyddelig: 'Y mae alaw yn fwy gwerthfawr na chân aderyn, a chwedl yn fwy gwerthfawr na chyfoeth y byd.'

Cyflwyniad i'r Trydydd Argraffiad (1995)

Dros gyfnod o ugain mlynedd a mwy gwnaeth Robin Gwyndaf, awdur y gyfrol hon, arolwg o draddodiad y stori werin yng Nghymru. Bu'n sgwrsio â dros 2,500 o bersonau, a recordiwyd tua 400 ohonynt ar dâp. Y mae'r deunydd llafar hwn – oddeutu 600 awr o recordiad a 18,000 eitem o naratif – ynghyd â'r toreth o ddeunydd ysgrifenedig a gofnodwyd er yn gynnar iawn mewn llawysgrif, llyfr a chylchgrawn – yn tystio'n eglur i amrywiaeth a chyfoeth rhyfeddol traddodiad y stori werin yng Nghymru. Adlewyrchir y traddodiad maith a thoreithiog hwn yn fyw iawn yn y gyfrol bresennol, ac y mae'r ffaith ei bod yn cael ei hailargraffu unwaith yn rhagor yn brawf pendant iddi lwyddo yn ei hamcan.

Comisiynwyd Margaret D. Jones (o Gapel Bangor, Ceredigion), sy'n adnabyddus iawn am ei darluniau o'r Mabinogion, i baratoi map dyfrliw o Gymru yn portreadu chwedlau a thraddodiadau 63 ardal. Yr ydym yn arbennig o ddiolchgar i Mrs Jones am lunio'r map hwn, mewn cydweithrediad â'r awdur. Fe'i hatgynhyrchir ar glawr y gyfrol ac y mae ar gael hefyd ar ffurf poster.

Y mae corff y gyfrol yn disgrifio'r chwedlau a'r traddodiadau hyn gan eu gosod yn eu cyd-destun hanesyddol a chymdeithasol. Yn y rhagymadrodd ceir cipolwg ar natur traddodiad y stori werin, a chyfeirir at themâu, swyddogaeth, ystyr a gwerth y chwedlau a drafodir. Yn rhan olaf y gyfrol ceir disgrifiad cryno o'r arferion gwerin a ddarluniwyd ar ochrau'r map.

Y mae'n gyfrol ddwyieithog ac ychwanegwyd geirfa fer a chyfarwyddiadau ar sut i ynganu geiriau ac enwau lleoedd Cymraeg. Dylai, o'r herwydd, fod o ddiddordeb arbennig nid yn unig i'r Cymry Cymraeg a'r di-Gymraeg ond hefyd i'r rhai sy'n dysgu'r Gymraeg.

Ar hyd y canrifoedd bu gan chwedlau gwerin apêl eang at bobl o bob oed, lliw a llun. Credwn fod i'r casgliad hwn yr un apêl mewn cartrefi, ysgolion, llyfrgelloedd a sefydliadau cyffelyb. Y mae hefyd yn gyfraniad tuag at gyflawni amcan yr Amgueddfa, sef '… hyrwyddo gwybodaeth ehangach a gwell dealltwriaeth o Gymru, ei hanes, ei diwylliant a'i lle yn y byd …'

Yn fwy na dim, gobeithiwn yn fawr y bydd y darllenwyr yn mwynhau'r gyfrol.

Colin Ford

Cyfarwyddwr Amgueddfa Genedlaethol Cymru

Tachwedd 1995

Gair o Ddiolch

Yn gyntaf fy nyletswydd yw diolch i'r lliaws o bersonau hwnt ac yma yng Nghymru y cefais y fraint o sgwrsio â hwy, neu eu recordio ar dâp, yn ystod 1964–87. Buont yn hael eu gwybodaeth a'u croeso.

Diolchaf yn ddiffuant iawn hefyd i'r Dr David Dykes, Cyfarwyddwr Amgueddfa Genedlaethol Cymru, y Dr J. Geraint Jenkins, Curadur Amgueddfa Werin Cymru, a Mr Vincent H. Phillips, Ceidwad Adran Bywyd Diwylliannol, am eu cefnogaeth barod imi wrth baratoi'r gyfrol a'r map lliw o Gymru; i Mr Hywel G. Rees, Pennaeth Cyhoeddiadau a Chyhoeddusrwydd, am ei gydweithrediad caredig a'i fawr ofal wrth gynhyrchu'r poster a'r gyfrol; i Mr Eric Broadbent a'i gydweithwyr yn yr Amgueddfa Genedlaethol am y gwaith ffotograffig; i Mr Paul Rees o'r Adran Gelfyddyd am ei gymorth wrth baratoi'r poster lliw i'w arddangos; i Mr O. Tudur Jones am baratoi'r map o leoliad y chwedlau; ac i Mr Tim Collier am baratoi'r ffotograffau a gyhoeddwyd fel rhan o'r rhagymadrodd.

Derbyniais gymwynasau lawer gan fy nghydweithwyr: y Dr Anne E. Williams, D. Roy Saer, Mrs Sioned Thomas, a'r Dr William Linnard, a'r un yw fy niolch iddynt hwythau. Felly hefyd Mr Trefor M. Owen am gael gwneud defnydd helaeth o'i gyfrol *Welsh Folk Customs* yn yr adran ar arferion gwerin, ac i Wasg Prifysgol Cymru am ganiatâd i ddefnyddio *Rhestr Enwau Lleoedd*, golygydd Elwyn Davies, yn yr adrannau sy'n ymdrin ag ynganiad ac ystyr geiriau ac enwau lleoedd Cymraeg yn y fersiwn Saesneg.

Y mae arnaf ddyled arbennig i ddau berson: Mrs Meryl Roberts a deipiodd y gyfrol gyda gofal eithriadol, a Mr Howard Williams a ddarllenodd yr holl gynnwys mewn llawysgrif a phroflen gan gynnig llu o awgrymiadau; mawr werthfawrogaf eu cymorth.

Yn olaf fy mhleser yw cael diolch o galon i Mrs Margaret D. Jones am baratoi'r map dyfrliw yn portreadu chwedlau a thraddodiadau gwerin Cymru gyda'r fath ofal a brwdfrydedd. Hyfrydwch arbennig i mi fu cael cydweithio â hi.

Robin Gwyndaf
1989

Rhagair i Argraffiad Newydd Y Lolfa, 2023

Yn yr argraffiad newydd hwn (y pumed) ceisiwyd peidio â newid dim ond yr hyn oedd yn gwbl angenrheidiol. Yn fwyaf arbennig adferwyd enwau traddodiadol y siroedd, yn hytrach na'r enwau newydd a fabwysiadwyd adeg yr argraffiad cyntaf yn 1989, a llawer o'r enwau hynny wedi'u newid bellach. Ond defnyddiwyd yr enw Ceredigion am Sir Aberteifi. Ychwanegwyd hefyd at y llyfryddiaeth a chynhwyswyd y lluniau yn yr argraffiad newydd hwn mewn lliw.

Unwaith eto, y mae gennyf faich o ddiolch. Yn gyntaf, rhaid imi ddiolch yn ddiffuant iawn am y croeso cynnes a roddwyd i'r gyfrol ddwyieithog, *Chwedlau Gwerin Cymru: Welsh Folk Tales*, ynghyd â'r map, ym mhob un o'r pedwar argraffiad: 1989, 1992, 1995, 1999. Yn ogystal â'r derbyniad a roddwyd i'r cyhoeddiad yng Nghymru, aeth copïau o'r llyfr a'r map bellach i lawer rhan o'r byd. Dyfynnwyd o'r gyfrol mewn mwy nag un iaith, a chynhwysodd yr awdures o Ffrainc, Sylvie Ferdinand, fersiwn Ffrangeg o'r gyfrol yn ei chyhoeddiad: *Au Royaume du Dragon rouge. Contes et Légendes du Pays de Galles* (Terre de Brume Éditions, Rennes, 2001).

Yn ail, diolch lawer i Margaret D Jones, yr arlunydd dawnus sy'n byw ar hyn o bryd yn Aberystwyth. Yn 1988 derbyniodd hi gomisiwn gan yr Amgueddfa Genedlaethol i baratoi map dyfrliw mawr o Gymru yn portreadu chwedlau a thraddodiadau gwerin a oedd yn gysylltiedig â 63 lleoliad. Fy hyfrydwch a'm braint arbennig innau oedd cael cydweithio'n agos â'r arlunydd wrth ddarlunio pob llun unigol. Atgynhyrchwyd y lluniau hyn wedyn yng nghorff y gyfrol a gyhoeddwyd gyntaf yn 1989. O'r map hwn, rhyfeddol o gain a hardd, paratowyd print ar ffurf poster, i'w werthu gyda'r gyfrol.

Difesur yw ein dyled i Margaret Jones. Ar ran yr holl ddarllenwyr, felly, carwn ddiolch o waelod calon am y wefr y mae ei darluniau niferus ac ysbrydoledig hi o'n chwedlau gwerin, gan gynnwys y Mabinogion, wedi'i roi i gynifer ohonom yng Nghymru a thu hwnt am nifer o flynyddoedd bellach. Yr un modd i ddymuno iddi iechyd a phob bendith a llawenydd.

Yn drydydd, diolch cywiraf i Amgueddfa Genedlaethol Cymru am gytuno i'm cais i gyhoeddi'r gyfrol *Chwedlau Gwerin Cymru: Welsh Folk Tales*, ynghyd â'r map o Gymru, yn 1989. Hefyd, afraid dweud, am roi caniatâd i'r Lolfa gyhoeddi argraffiad newydd yn awr.

Llawenydd mawr iawn i mi yw gweld y gyfrol a'r map wedi'u cyhoeddi unwaith eto. Nid i'w cadw o fewn cloriau cyfrol nad yw ar gael yn hwylus i'r cyhoedd ei ddarllen y bwriadwyd ein storïau a'n traddodiadau gwerin, ac nid i'w cadw'n ddiogel mewn archif, er pwysiced hynny. Yn hytrach, yr ydym yn diogelu trysor er mwyn ei rannu'n llawen ac yn agored ag eraill, a rhoi cyfle i gymaint â phosibl o bobl, o bob oed i werthfawrogi'r trysor hwnnw o'r newydd.

Ni allaf, gan hynny, ddiolch digon i'r Lolfa am ddod i'r adwy i gyhoeddi'r argraffiad newydd hwn. Unwaith eto, bu'r cydweithio caredig rhyngof â'r wasg yn un na ellid dymuno ei well. Canmil diolch. Yr un modd, diolch cywir iawn i gydweithwyr yn Amgueddfa Werin Cymru (yn arbennig Meinwen Ruddock-Jones); staff Llyfrgell Genedlaethol Cymru, ac i Gyngor Llyfrau Cymru am bob cefnogaeth.

Bu fy nghyfeillion, Howard Williams, Clynnog Fawr, a Hywel Williams, Caerdydd, fel bob amser, yn barod iawn eu cymorth. Rwy'n mawr werthfawrogi eu caredigrwydd. Felly hefyd garedigrwydd a chefnogaeth fy nheulu hoff: Eleri, Nia, a Llyr.

—▪—

Mawr yw'r angen am gyflwyno hanes Cymru, mewn modd diddorol ac ystyrlon, i holl drigolion ein gwlad, a thu hwnt, beth bynnag fo'u hoedran, a beth bynnag fo'r iaith y maent yn ei siarad ar hyn o bryd. Fy ngobaith innau yw y bydd y gyfrol hon yn gyfraniad bychan tuag at wireddu fy mreuddwyd. Cyhoeddir fersiwn Saesneg hefyd yn y man. A dyma yw'r freuddwyd honno: y daw holl drigolion Cymru, a Chymry ym mhedwar ban byd – ie, a phobl Prydain hefyd – yn fuan i werthfawrogi o'r newydd gyfoeth ein hetifeddiaeth fel

cenedl: etifeddiaeth deg sy'n cynnwys yr iaith Gymraeg, ei llên a'i diwylliant. Rhan annatod o fwynglawdd y diwylliant byw, amlweddog hwn yw ein chwedlau a'n traddodiadau gwerin, prif destun y gyfrol bresennol. A dyna un rheswm paham y carwn weld y gyfrol bresennol yn rhan hefyd o faes llafur ein hysgolion uwchradd yng Nghymru.

Robin Gwyndaf
Mawrth, 2023

Rhagymadrodd

Traddodiad y Stori Werin

Dwedai hen ŵr llwyd o'r gornel:
'Gan fy nhad mi glywais chwedel;
A chan ei daid y clywsai yntau,
Ac ar ei ôl mi gofiais innau.'

Y mae'r pennill hwn o 'Gerdd yr Hen Ŵr o'r Coed', gan Ellis Roberts, yn cyfleu i'r dim yr elfen lafar yn nhraddodiad y stori werin yng Nghymru. Defnyddir y term 'stori werin' yma i gyfeirio at storïau traddodiadol, chwedlau lleol, mythau, profiadau personol goruwchnaturiol, storïau digri a hanesion neu anecdotau a fu'n rhan o etifeddiaeth ddiwylliannol y Cymry o gyfnod cynnar iawn hyd y dydd heddiw. Y mae'r storïau'n draddodiadol oherwydd fod i'r mwyafrif ohonynt hanes hir ac iddynt gael eu trosglwyddo yn bennaf ar lafar gwlad, a hynny, yng ngeiriau un croniclydd cynnar: *iocunde et memoriter*, 'gyda boddhad ac oddi ar y cof'.

Nid yw'n syndod, fodd bynnag, i gasglwyr ac ysgrifenwyr o'r Canol Oesoedd hyd ein dyddiau ni gofnodi ac adlewyrchu traddodiad y stori werin yn helaeth iawn mewn llawysgrifau, llyfrau, cylchgronau, colofnau papurau newyddion ac, yn ddiweddarach, tapiau, casetiau fideo a ffilmiau. Y mae'r deunydd llafar ac ysgrifenedig yn tystio i draddodiad maith a chyfoethog o adrodd storïau yng Nghymru. Mor gynnar â'r nawfed ganrif y mae'r traddodiadau a gofnodwyd gan Nennius(?) yn yr *Historia Brittonum* am Arthur, Gwrtheyrn, Taliesin a Garmon ac am ffynhonnau, llynnoedd, a cherrig yn ddrych i gasgliad o chwedlau coll.

Mewn un olygfa ym Mhedwaredd Gainc y Mabinogi (a gyfansoddwyd o bosibl yn ail hanner yr unfed ganrif ar ddeg) y mae Gwydion a'i gwmni yn mynd i Lys Pryderi yn Nyfed yn rhith beirdd.

> *'Moes yw gennym ni, arglwydd', ebe Gwydion, 'y nos gyntaf y deler at ŵr mawr*
> *ddywedyd o'r pencerdd. Mi a ddywedaf gyfarwyddyd yn llawen.' Yntau, Wydion,*
> *gorau cyfarwydd yn y byd oedd.*

Disgrifiwyd yr un chwedl ar ddeg, Y Mabinogion, gan yr Athro Gwyn Jones a'r Athro Thomas Jones fel 'cynnyrch godidocaf yr athrylith Geltaidd a champwaith ein llên gynnar Ewropeaidd'. Y maent yn brawf fod yng Nghymru, fel yng ngwledydd eraill Ewrop yn y cyfnod hwn, ddiddordeb byw mewn adrodd storïau. Bu'r Mabinogion ar hyd y canrifoedd yn gyfrwng ysbrydoliaeth i ysgrifenwyr, arlunwyr a storïwyr ac y mae'n briodol iawn fod yr eitem gyntaf yn y llyfr hwn a'r map o Gymru, a gyhoeddir ar y cyd ar ffurf Poster (Afon Alaw) yn ymwneud ag un o'r storïau mwyaf poblogaidd ac enwog o holl chwedlau'r Mabinogion, sef stori Branwen.

Prin fod neb wedi llwyddo'n well i gyfleu peth o awyrgylch y difyrrwch gynt yng Nghymru ganrifoedd yn ôl na Morys Clynnog ar ddechrau *Gramadeg Cymraeg* Gruffydd Robert. Yr oedd y ddau ŵr hyn yn alltudion Catholig yn yr Eidal, ac yn y prolog i'r Gramadeg (y dechreuwyd ei gyhoeddi ym Milan yn 1567) ceir disgrifiad o'r ddau Gymro un prynhawn braf o haf yn rhodio mewn perllan deg ac yn sgwrsio am yr amser a fu yng Nghymru. Ac meddai Morys Clynnog:

> *Er bod yn deg y fangre lle'r ydym, ac yn hyfryd gweled y dail gwyrddleision yn gysgod*
> *rhag y tes, ac yn ddigrif [hyfryd] clywed yr awel hon o'r gogleddwynt yn chwythu tan*
> *frig y gwinwydd i'n llawenychu yn y gwres anrhesymol hwn, sydd drwm wrth bawb*
> *a gafodd eu geni a'u meithrin mewn gwlad cyn oered ag yw tir Cymru, eto mae arnaf*
> *hiraeth am lawer o bethau a gaid yng Nghymru i fwrw'r amser heibio yn ddifyr ac*
> *yn llawen wrth ochel y tes hirddydd haf. Canys yno, er poethed fai'r dymyr, ef a gaid*

esmwythdra a diddanwch i bob bath ar ddyn. Os byddai un yn chwenychu digrifwch
[difyrrwch] fe gai buror [delynor] a'i delyn i ganu mwyn bynciau a datgeiniad peroslau
i ganu gyda thant hyn a fynychai, ai mawl i rinwedd yntau gogan i ddrwg-gampau.
Os mynnwch chwithau glywed arfer y wlad yn amser ein teidiau ni, chwi a gaech
hynafgwyr briglwydion a ddangosai ichwi ar dafod leferydd bob gweithred hynod a
gwiwglod a wneithid drwy dir Cymru er ys talm o amser.

Y mae'r delyn y soniodd Morys Clynnog amdani yn un o dri offeryn cerdd traddodiadol y
Cymry. Cyfeirir ati yn eitem 9 (Borth-y-gest): 'Dafydd y Garreg Wen', telynor, ac yn eitem 21
(Llyn Tegid): 'Charles y Telynor'. Offeryn cerdd traddodiadol arall oedd y bib (pibgorn a phib
a chod) y cyfeirir ati yn eitem 8 (Castellmarch). Torrodd un o bibyddion Maelgwn Gwynedd
gorsen i wneud pib newydd i'w chwarae gerbron March ap Meirchion, y brenin a chanddo
glustiau ceffyl. Y trydydd offeryn cerdd traddodiadol ydoedd y crwth, offeryn chwe thant a
chwaraeir â bwa. O ran ffurf y mae'n hirsgwar gyda chefn gwastad, ochrau a seinfwrdd. Fe'i
darlunnir ar ochr dde y map.

Ychydig o dystiolaeth sydd gennym yn ystod y Canol Oesoedd i ddangos sut yr oedd y bobl
gyffredin yn eu difyrru eu hunain. Nid felly o'r ail ganrif ar bymtheg ymlaen. Gallwn yn awr,
ar adenydd dychymyg, adael neuadd ganoloesol llys yr uchelwyr a'i ddigonedd o fwyd a gwin a
chwmni diddan, a dilyn y gwerinwr i'w fwthyn, neu'r amaethwr i'w ffermdy lle byddai'r teulu a
rhai cymdogion wedi ymgasglu'n gwmni braf o gylch y tân ar hirnos gaeaf, i sgwrsio a gwrando
ar gân a stori a phôs. Gallwn ymuno yn hwyl y noson lawen neu ddilyn gweision a morynion
ffermydd i noswaith wau a gwrando, gyda pheth ofn, ar y straeon ysbryd. Gallwn hefyd ymuno
gyda thrigolion plwyf, yn wŷr, gwragedd a phlant, a'u dilyn i'r llan ar y Suliau neu i weirglodd
gerllaw a godre'r mynydd, ac i dwmpath chwarae ar nosweithiau haf ac ar ddydd gwylfabsant.

Bu dyfodiad Piwritaniaeth i Gymru yn ystod yr ail ganrif ar bymtheg a diwygiadau crefyddol
y ddeunawfed a'r bedwaredd ganrif ar bymtheg yn un o'r prif resymau dros ddiflaniad graddol

yr wylfabsant a chynulliadau awyr-agored cyffelyb a llawer iawn hefyd o arferion a defodau. Ni lwyddasant, fodd bynnag, i ddileu na llesteirio'r arfer o adrodd storïau. Parhaodd yn rhyfeddol o fyw. Câi chwedlau am ysbrydion, Tylwyth Teg a'r Diafol eu hadrodd fel cynt, ond fe sylwn ar newid amlwg yn eu swyddogaeth: roedd y pwyslais bellach yn fwy moesol ac addysgiadol nag erioed.

Trosglwyddo a Chyfathrebu

Nid yw chwedlau gwerin yn bodoli mewn gwagle. Cânt eu meithrin mewn cymdeithas fyw lle mae pobl yn ymwneud beunydd-beunos â'i gilydd. Cânt eu lliwio gan iaith, amgylchiadau, arferion a choelion. Y mae eu natur – yn wir, eu bodolaeth – yn dibynnu ar eu cyd-destun cymdeithasol. Y mae'n bwysig, felly, i gadw mewn cof y prif achlysuron pan oedd aelodau'r gymdeithas yn cwrdd i adrodd storïau, achlysuron y gellid cyfeirio atynt fel y prif sianelau i drosglwyddo traddodiad y stori werin o berson i berson:

i. Y cylch teuluol – yng nghwmni cymdogion agos ar yr aelwyd. (Y sianel bwysicaf.)

ii. Cwmni cymeriadau ffraeth a storïwyr mewn llan a thref.

iii. Cwmnïaeth bob dydd cydweithwyr. Er enghraifft, gweithwyr amaethyddol, glowyr, chwarelwyr a physgotwyr.

iv. Gweithdai a chanolfannau crefft. Er enghraifft, gefail y gof, y felin flawd a'r felin wlân, gweithdy'r saer a gweithdy'r crydd.

v. Achlysuron o gydweithio cymdogol rhwng amaethwyr. Er enghraifft, diwrnod cneifio, y cynhaeaf gwair ac ŷd, diwrnod dyrnu, a diwrnod lladd mochyn.

vi. Achlysuron cymdeithasol, y twmpath chwarae a difyrion eraill, gwyliau ac arferion. Er enghraifft, yr wylfabsant, noson lawen, noswaith wau, noson wneud cyflaith, Nos Galan Mai a Nos Galan Gaea.

vii. Cwmni cyd-deithwyr, megis y porthmyn.

Yn y cyswllt hwn dylid nodi pedair ystyriaeth sy'n ein cynorthwyo i ddeall yn well natur traddodiad y stori werin ac yn arbennig ei ruddin a'i barhad.

Yn gyntaf, yr angen dynol a greodd y sianelau niferus i drosglwyddo'r traddodiad. Yr oedd y mwyafrif o gymunedau yn hunan-gynhaliol ac yr oedd yn rhaid iddynt greu eu diwylliant a'u hadloniant eu hunain yn ogystal â'u gwaith.

Yn ail, yr amodau ffafriol a oedd yn fodd i gynnal y sianelau trosglwyddo. Ar y cyfan, cenedl o gymunedau bychain, clòs oedd Cymru. Roedd ynddynt berthynas agos iawn rhwng unigolion a'i gilydd, a phob stori neu hanesyn newydd yn teithio'n gyflym, fel si neu newydd, o berson i berson. Dylid cyfeirio hefyd at awyrgylch hamddenol y rhan fwyaf o waith.

Yn drydydd, un agwedd yn unig ar ddifyrrwch oedd dweud straeon. Yr oedd yn rhan organig o weithgarwch llawer ehangach a oedd yn cynnwys hefyd o dro i dro fân siarad a chlecs; canu ac adrodd hen benillion telyn, cerddi a rhigymau, baledi a chaneuon gwerin; adrodd posau a chlymau tafod; chwaraeon a difyrion; arferion a gwyliau.

Yn bedwerydd, natur anffurfiol ac answyddogol yr achlysuron pan adroddir straeon. Anaml y byddai pobl yn cwrdd yn benodol er mwyn adrodd straeon. Ple bynnag a pha bryd bynnag y byddai un neu ddau neu ragor yn cwrdd â'i gilydd mewn awyrgylch gartrefol, braf, byddai 'dweud straeon' yn ganlyniad uniongyrchol ac anymwybodol. Adroddir storïau yn ystod oriau gwaith yn ogystal ag oriau hamdden. Sonnir am hyn gan y bardd John Davies, 'Taliesin Hiraethog', mewn traethawd o'i eiddo ar y testun 'Hen draddodiadau'. Cyfeiria at gyfnod oddeutu canol y bedwaredd ganrif ar bymtheg. Dyma'r paragraff agoriadol.

Cerrigydrudion ydyw y plwyf mwyaf mynyddig ac anghysbell yn sir Ddinbych. Y mae ei fryniau crawcwelltog a'i ffriddoedd grugog a noethlwm yn llawn diddordeb i'r hynafiaethydd. Y mae pob carnedd a thwmpath a phob cornant ac afon yn llawn o hen gofiannau am yr oesau a fu, ac y mae ei breswylwyr gwledig yn cael llawer o ddifyrrwch ar hirnos gaeaf wrth adrodd y chwedlau a'r llên gwerin sydd ynglŷn â hwynt. Pan oedd yr ysgrifennydd yn laslanc yn bugeilio defaid ei dad hyd lennydd yr afon Alwen a minion Llyn Dau Ychen byddai ef a'i gyd-fugeiliaid yn treulio llawer darn diwrnod diddan i adrodd y chwedlau hyn wrth eistedd ar docyn o frwyn i gadw y defaid ar eu cynefin ddechrau haf.

Parhad ac Addasiad

Ni fu gan Gymru, o leiaf ers yr Oesoedd Canol, storïwyr proffesiynol gyda chynhysgaeth eang o chwedlau maith arwrol byd hud a lledrith. Fodd bynnag, drwy gydol y canrifoedd dilynol yr oedd i'r storïwr cyffredin yn y gymdeithas Gymreig swyddogaeth bwysig. Ef oedd y cynheilydd traddodiad gweithredol a gadwai'r hen chwedlau a'r rhai newydd yn fyw drwy eu hailadrodd i eraill. Yr oedd ganddo bob amser gynulleidfa barod. Dyma'r cyfnod pan oedd y gymdeithas yn creu ei diwylliant a'i hadloniant ei hun a hefyd pan oedd hud a hyfrydwch llên gwerin yn difyrru ac yn cynnal ysbryd dyn. Wrth astudio storïau gwerin, felly, rydym yn ymwybodol o barhad rhyfeddol y traddodiad o gyfnod cynnar iawn hyd at ein hoes ni. Parhaodd oherwydd mai traddodiad byw ydoedd. Ac felly i raddau heddiw. O bryd i'w gilydd gall swyddogaeth y storïau fod wedi newid, ond erys llawer o'r cynnwys yn ddigyfnewid. Nid oes yr un traddodiad ystorïol byw yn aros yn ei unfan. Y mae'n datblygu fel y datblyga meddwl dyn; y mae'n newid fel y mae natur cymdeithas yn newid. Hyn sy'n egluro sut y bu i gymaint o'r chwedlau oroesi diwygiadau crefyddol y ddeunawfed a'r bedwaredd ganrif ar bymtheg.

Beth yw'r sefyllfa heddiw? Afraid dweud, bu cryn newid. Yn sicr ceir llai o hamdden a mwy o ruthr. Y mae llawer o'n hadloniant yn gynnyrch parod. Gwelsom lacio dolennau'r gadwyn gymdogol a diflaniad rhai canolfannau cyfarfod traddodiadol. Ac mewn amryw o ardaloedd gwledig y mae diboblogi a diflaniad teuluoedd a oedd wedi hen wreiddio mewn bro wedi ysigo beth ar barhad traddodiad y stori werin. Eto i gyd, y mae i'r storïwr yng Nghymru heddiw, fel erioed, swyddogaeth bwysig iawn. Os yn ystod yr ugeinfed ganrif y gwanychwyd ac y diflannodd rhai sianelau traddodiadol ar gyfer cynnal a throsglwyddo'r stori werin, ceir sianelau a chanolfannau cyfarfod eraill a mwy cyfoes, megis y radio a'r teledu; y teliffon; neuadd breswyl mewn coleg; siop trin gwallt; modurdy; meddygfa; clwb rygbi a phêl droed; neuadd fingo a chanolfannau adloniant cyffelyb; y we a'r cyfryngau cymdeithasol.

Bu yng Nghymru, fel mewn gwledydd eraill yn ystod yr ugeinfed ganrif, lai a llai o bwys ar hud a lledrith. O ganlyniad, ceir llai o hanesion personol a chwedlau lleol sy'n adlewyrchu cred dyn yn y goruwchnaturiol. Nid yw'r chwedlau hyn fel pe baent yn perthyn mwyach i fywyd bob dydd pobl. Ar y cyfan cynheiliaid traddodiad goddefol neu storïwyr achlysurol, bellach, yw'r gwŷr a'r gwragedd sy'n adrodd profiadau a chwedlau am y goruwchnaturiol ac, i raddau, chwedlau byrion am enwau lleoedd ac am gymeriadau a digwyddiadau hanesyddol. Serch hynny, y maent yn dal i gofio'r chwedlau, ac fel y dywedodd Gwydion ym Mhedwaredd Gainc y Mabinogi, gallant hwythau ddweud: 'mi a ddywedaf gyfarwyddyd yn llawen' pan ofynnir iddynt, ac yn arbennig wrth y sawl sy'n fodlon gwrando gyda chydymdeimlad a deall. Er nad yw'r mwyafrif o'r storïwyr goddefol neu achlysurol hyn o angenrheidrwydd yn credu'n bersonol eu hunain yn yr elfennau paranormal sy'n rhan o chwedlau byd hud a lledrith a'r goruwchnaturiol, fe'u hadroddir ganddynt gyda diffuantrwydd a pharch. Yr un yw eu hymateb hwy ag eiddo'r gŵr o sir Gaerfyrddin a ddywedodd:

Ni allaf ddweud ai gwir ydyw neu beidio,
Rwy'n adrodd y chwedl fel y clywais i hi.

Tra bo'r storïwyr goddefol hyn yn graddol ddiflannu, does dim prinder yng Nghymru o storïwyr gweithredol yn meddu ar stôr ddihysbydd o storïau digri ac anecdotau. Wrth i chwedlau am fyd hud a lledrith a'r goruwchnaturiol araf leihau (ac y mae'n bwysig pwysleisio'r gair 'araf' oherwydd y mae'r goel mewn ysbrydion, er enghraifft, yn fyw iawn o hyd), y mae gan y mwyafrif o bobl fwy o ddiddordeb mewn storïau gwir: hanesion, anecdotau, sibrydion, a newyddion yn ymwneud â hynt a helynt bywyd bob dydd. Y mae llawer o'r storïau hyn, wrth gwrs, *yn* wir, megis yr hanesion a'r anecdotau sy'n ymwneud â digwyddiadau lleol ac â chymeriadau lleol. Nid felly'r cyfan, ond fe'u hadroddir yn aml fel pe baent yn wir.

Er mwyn awgrymu bod stori'n wir ceir tuedd i'w lleoli – cysylltir hi ag ardal benodol (er nad yw hyn yn elfen newydd mewn llenyddiaeth werin).

Teulu arbennig, gan gynnwys y fam-gu, yn mynd ar eu gwyliau. Mae'r fam-gu yn marw a gosodant ei chorff ar do'r cerbyd. Ar y ffordd adref y mae'r corff yn diflannu.

Tarddodd y chwedl ddinesig hon, fel y'i gelwir, o bosibl yn America, ond erbyn hyn teithiodd y nain druan i lawer gwlad, gan gynnwys Cymru! Cysylltir y stori bob amser ag ardal a pherson neilltuol, er nad yw'r person, fel arfer, yn cael ei enwi. 'Cyfaill' ydyw, neu 'gyfaill i gyfaill'; 'cydnabod', neu 'gydnabod i gydnabod'. Hynny yw, adroddir y stori fel pe bai'n wir – fel hanes neu chwedl, nid fel stori ddigri ddi-sail, a chafwyd adroddiadau ar y digwyddiad mewn papurau newyddion.

Y mae'r pwys hwn ar wirionedd storïau yn cydsynio â sylw Linda Dégh am gymunedau yn Hwngaria:

Y mae'r tyddynnwr wrth iddo ymgyrraedd tua'r dosbarth canol eisiau clywed storïau gwir, hynny yw storïau hanesyddol, y mae'n darllen papurau newydd ac yn gwrthod gwrando ar chwedlau hud a lledrith, gan eu hystyried yn ddim namyn celwydd. (*Folktales and Society*, tt. 122, 181.)

Ond yma ymddengys fod yna baradocs. Er bod ar y dechrau elfen gref o wir yn amryw o'r storïau – hanesion ac anecdotau yn arbennig – fel y trosglwyddir hwy o ben i ben cânt eu lliwio fwyfwy gan ddychymyg naturiol dyn, ei ysfa i greu, a'i angen cyson (pa mor barod bynnag yw i wadu hynny) i synnu a rhyfeddu at ddirgelion bywyd bob dydd. Oherwydd hyn gall naratif sy'n ddim ar y dechrau namyn adroddiad syml a sylw ffraeth neu dro trwstan doniol ddatblygu maes o law yn saga liwgar lle mae'r ffin rhwng ffaith a ffantasi yn annelwig iawn. Y mae hyn yn arbennig o wir, er enghraifft, am storïau celwydd golau. Pan adroddir stori am gymeriad o'r tu allan i'r ardal, mae'n weddol amlwg, gan amlaf, mai celwydd golau ydyw, ond os adroddir stori gyffelyb am gymeriad ffraeth lleol, gall yr hyn sy'n gelwydd i un person fod i berson arall yn ddim mwy nag ymestyniad ar y gwir. Y mae'r cyfan yn rhan o ddirgelwch a gorfoledd bywyd lle nad oes raid i ryfeddodau ddigwydd mewn gwledydd pell sy'n llawn o bobl yn meddu ar hudlath y dewin.

Adlewyrchir mewn storïau gwerin cyfoes gyfuniad rhyfeddol o themâu hen a newydd: pynciau oesol, megis profiadau a theimladau dwysaf dyn – ei wynfyd a'i ofid – a phynciau mwy cyfoes sy'n ein hatgoffa'n fyw iawn o'r oes dechnolegol yr ydym yn byw ynddi: cyffuriau, *Aids*, corfflosgi, chwaraeon, cyfrifiaduron – hyd yn oed beiriant amser a ddefnyddir gan wleidyddion (stori a adroddwyd gan fy mrawd yng nghyfraith J. W. Goddard, Cerrigydrudion, Clwyd):

Roedd 'na glamp o beiriant amser oedd yn medru rhagfynegi stad pwerau mawr y byd ymhen pum can mlynedd. Yn gyntaf daeth Mr Reagan ac aeth i mewn i fol y peiriant. Er ei fraw, gwelai fod America fawr i gyd wedi troi'n gyfangwbl Gomiwnyddol. Yn ail daeth Mr Gorbachev a gwelodd fod Rwsia gyfan wedi derbyn cyfalafiaeth. Ac yna daeth Mrs Margaret Thatcher yn ei holl ogoniant. Syllodd yn hir ar Loegr annwyl, ond daeth allan o'r peiriant a'i hwyneb yn goch wedi cynhyrfu'n ofnadwy. 'O! Diar mi,' meddai, 'allwn i ddim deall gair o'r hyn roedd y bobl yn ei ddweud, roedden nhw i gyd yn siarad Cymraeg.'

Yn aml bydd llawer o chwedlau cynnar yn cael eu haddasu i adlewyrchu technoleg newydd, amgylchiadau cymdeithasol newydd neu, yn wir, yn achlysurol, i fynegi rhyw gymaint o ymdeimlad gwladgarol a balchder yn rhai o'n sefydliadau a'n chwaraeon cenedlaethol – rygbi yn arbennig. Y mae storïau am nefoedd ac uffern, er enghraifft, yn perthyn i'r dosbarth hwn.

Cyn-chwaraewr rygbi o Gymru yn marw ac yn mynd at glwydi aur y nefoedd. Poenai'n arw oherwydd iddo yn ei dro fod yn chwaraewr braidd yn fudr. Ond dyma'r Angel yn agor y clwydi ac yn ei groesawu'n llawen. 'O! Diolch ichi, Pedr', meddai'r Cymro. 'Pedr?' meddai'r Angel, 'mae Pedr ar ei wyliau. Dewi Sant ydw i!'

Un nodwedd amlwg mewn storïau gwerin cyfoes yw eu bod gan amlaf yn weddol fyr. Yn wir, nid yw rhai storïau ond ymestyniad ar osodiadau neu sylwadau, ac y maent yn ein hatgoffa o ddiarhebion a dywediadau. Yn hwrli-bwrli oes y car modur a'r awyren, prin fod gennym amser i stori faith, felly gwnawn hi'n fyr a bachog. Y mae hyn yn arbennig o wir am ddiddanwyr radio a theledu a chyflwynwyr cyngherddau a nosweithiau llawen. Felly hefyd gyda phlant. Y storïau mwyaf poblogaidd gan yr ifanc heddiw (a'r rhai nad ydynt mor ifanc) yw storïau neu jôcs ar ffurf pôs neu sylw byr ac ateb.

Beth ddywedodd yr eliffant wrth y ferch yn y Mini wedi iddo orwedd ar ei char? 'Amser ichi brynu car newydd!'

Ambell dro, fodd bynnag, bydd storïwr dawnus mewn awyrgylch hamddenol, gartrefol yn cyfuno'r storïau byr digri hyn, anecdotau a phosau yn un stori faith amrywiol.

Nodwedd amlwg arall mewn adrodd storïau yn y Gymru gyfoes yw anffurfioldeb. Os oedd adrodd storïau yn weithgarwch anffurfiol ac anymwybodol hyd at y bedwaredd ganrif ar bymtheg, y mae hynny'n fwy amlwg fyth yn ein canrif ni. Erbyn heddiw daeth 'dweud stori' yn rhan annatod o hyfrydwch sgwrs-bob-dydd ac y mae'n cyflawni angen gwastadol dyn am gael chwerthin a dianc dros dro o rigolau ac undonedd bywyd. Y mae'n union fel petai'r rhod wedi troi'n llwyr yn achos y stori werin. Drwy gyfrwng iaith gyffredin bob dydd pobl, dychymyg a dawn storïwr medrus ac angen cymdeithas am adloniant a dihangfa i fyd o ryfeddod, datblygodd yn y Canol Oesoedd yn chwedlau hud a lledrith a rhamant (*märchen* a *novelle*). Bellach y mae'r pwyslais ar storïau digri symlach, hanesion ac anecdotau sydd unwaith eto yn adlewyrchu iaith bob dydd pobl.

Teipiau o Storïau a Dosbarthiad

Ni fwriadwyd storïau gwerin, mwy nag unrhyw agwedd arall ar lên gwerin, i'w dosbarthu'n fanwl i gategorïau wedi'u labelu'n dwt. At bwrpas egluro'r maes ymhellach, gellir eu dosrannu'n fras i bedwar prif grŵp neu ffrwd. Dylai'r darllenydd gofio, fodd bynnag, mai er hwylustod yn unig y gwneir hyn a bod y dosbarthiadau'n aml yn gorgyffwrdd. Ceir hefyd storïau nad ydynt yn perthyn yn hollol i unrhyw un o'r prif ddosbarthiadau a nodir. Ceir, er enghraifft, storïau rhamant (*novelle*), a nifer o chwedlau am anifeiliaid, neu ddamhegion, gydag elfen foesol ac addysgiadol amlwg iddynt, megis chwedlau Aesop. Ceir hefyd ychydig storïau patrymog diddorol iawn, megis y fersiynau ar 'y stori heb iddi ddiwedd' (brenin yn cynnig ei ferch yn wraig i bwy bynnag a all adrodd stori sy'n parhau am byth), neu storïau cynyddol ar yr un patrwm â chaneuon gwerin, megis 'Y Deuddeg Dydd o'r Gwyliau'.

1 Chwedlau hud a lledrith

Gall gwareiddiadau ddiflannu, gall credoau dyn newid, ond erys ei ddyheadau dyfnaf yr un ymhob oes. Ac un o'i ddyheadau mwyaf cyson yw am gael osgoi mynd i rigol ac am gael dianc o sicrwydd y byd hwn i fyd hudolus yr anwybod. Felly yn hanes dyn yng Nghymru. Y mae'r defnydd o'r gair Cymraeg 'hud' (gair o darddiad Celtaidd) yn Nhrydedd Gainc y Mabinogi yn cyfleu i'r dim awyrgylch chwedlau Cymraeg cynnar: 'Y mae yma ryw ystyr hud'. Seiliwyd hwy mewn byd o ryfeddod lle mae'r llanc mwyaf cyffredin yn meddu ar alluoedd y dewin, a chaeau a choed yn diflannu mewn chwinciad.

Bellach ychydig o chwedlau hud a lledrith (*märchen*) sy'n rhan o'r traddodiad llafar Cymraeg, a fersiynau wedi'u cwtogi, fel arfer, yw'r rheini. Eto i gyd, cawn ynddynt gipolwg ar yr awyrgylch o hud a lledrith a oedd yn nodwedd mor amlwg o'r Oesoedd Canol: stori Adar Llyn Syfaddan (eitem 43); stori'r fodrwy swyn sy'n rhoi i lanc tlawd unrhyw beth a ddymuna; stori'r felin hud sy'n dal i falu halen yng ngwaelod y môr o amgylch Cymru; a stori'r mynach o Faes-glas, Sir y Fflint, a fu'n gwrando ar gân yr eos, a phan ddychwelodd i'w fynachlog roedd y cyfan yn adfeilion a'i gyd-fynachod wedi marw ers blynyddoedd maith. Mewn amryw o'r storïau hyn cawn yr un motîf o dreigl rhyfeddol amser ag sydd mewn chwedlau Tylwyth Teg; yn chwedl Arthur ar Ynys Afallon; ac yn stori Branwen pan fo Adar Rhiannon yn canu cân hyfryd am saith mlynedd i'r seithwyr yn Harlech.

2 Cred yn y goruwchnaturiol

Os oes bellach yng Nghymru brinder chwedlau meithion cydwladol byd hud a lledrith (*märchen*), nid oes brinder o gwbl o chwedlau byrion lleol (*sagen*) sy'n adlewyrchu cred dyn yn y goruwchnaturiol. Y mae'r chwedlau hyn yn ymwneud, er enghraifft, â'r Tylwyth Teg; Cnocwyr mewn pyllau mwyn; y Diafol; gwrachod; dewiniaid a dynion hysbys; ysbrydion; rhagarwyddion, megis rhagarwyddion angau; cewri; anifeiliaid mytholegol, megis dreigiau, gwiberod adeiniog, cŵn duon ac angenfilod y dŵr, megis yr afanc (gweler eitem 38); ac achlysuron a digwyddiadau goruwchnaturiol, megis y gwenith rhyfeddol a dyfodd ar fferm Henry Williams, Llanllwchaearn (29), a goleuadau rhyfedd Capel Egryn a welwyd yn ystod Diwygiad 1904–5 (25).

Oherwydd fod y chwedlau hyn wedi'u seilio ar amrywiol goelion gwerin, y mae'n bwysig cofio bod cynnwys llawer ohonynt ar un adeg, o leiaf, yn cael ei dderbyn fel gwirionedd (a dyna, wrth gwrs, un o'r prif wahaniaethau rhwng chwedl werin a stori werin). Pan fo person yn cael profiad o goel arbennig cyfeiriwn at y profiad hwnnw fel *memorat* (term Almaeneg). Y mae'n disgrifio profiad goruwchnaturiol neu baranormal a gafodd y storïwr, cydnabod iddo, neu un o'i hynafiaid. Y mae'r elfen bersonol yn amlwg iawn mewn hanesion o'r fath a pherthynant i'r hyn y gellir ei alw yn draddodiad yr unigolyn neu deulu. Ymhen amser daeth llawer o'r hanesion personol ac empirig hyn yn fwy cyffredinol a'r cynnwys yn fwy patrymog ac amhersonol. O ran cynllun y maent yn dilyn fformwlâu arbennig sy'n peri eu bod yn gallu teithio'n rhwydd o ardal i ardal. Perthynant i'r *sagen* o ran ffurf ac arddull ac y maent maes o law yn datblygu'n chwedlau lleol sy'n ymwneud â chredoau ac yn dod yn rhan o'r traddodiad torfol.

Yn hwyr neu'n hwyrach ychwanegir llawer o fotifau ffantasïol at y chwedlau 'gwir'. Yn aml fe'u hadroddir fel storïau, ac er bod yr elfen leol yn amlwg iawn o hyd y mae'r term 'chwedl grwydrol' a'r gair Almaeneg *fabulat* a ddefnyddir gan ysgolheigion i ddisgrifio storïau o'r fath yn cyfleu eu natur i'r dim. Y mae llawer o'r chwedlau sy'n ymwneud â'r Tylwyth Teg, y Diafol ac ysbrydion yn y gyfrol hon yn perthyn i'r dosbarth hwn.

3 Hanes a thraddodiad

Yn yr Oesoedd Canol disgwylid i storïwyr a beirdd mewn llawer gwlad fod yn hyddysg yn hanes, traddodiadau ac achau eu pobl; er enghraifft, y *scop* yn y gymdeithas Diwtonig, *sūta* yr Hindwaid, *fili* y Gwyddelod, *bardos* Celtiaid y Cyfandir, a'r pencerdd yng Nghymru. Mewn sawl gwlad yr oedd hyn yn wir hefyd am feirdd a storïwyr cyfnod diweddarach. Yr oedd yn wir, er enghraifft, am y *seanchaí* yn Iwerddon a'r storïwr yng Nghymru.

Ymhlith y Trioedd Cerdd, yn fersiwn Llyfr Coch Hergest o'r Dwned (gramadeg a briodolir i Einion Offeiriad ac a berthyn i'r bedwaredd ganrif ar ddeg), darllenwn y geiriau a ganlyn: 'Tri pheth a bair i gerddor [bardd] fod yn aml [llwyddiannus]: kyfarwyddyd, ystorïau, hengerdd a barddoniaeth.' Ystyr 'ystorïau' yn y dyfyniad hwn, yn ôl Rachel Bromwich, yw 'etifeddiaeth genedlaethol o hen draddodiadau'. (*Trioedd Ynys Prydein*, t. lxxi.) Benthyciad diweddar ydyw o'r Lladin *historia*. Y mae cynhysgaeth gyfoethog nifer o gynheiliaid traddodiad yng Nghymru heddiw yn ein hatgoffa'n fyw iawn o'r geiriau hyn yn y Trioedd Cerdd – gwŷr sy'n aml yn cyfuno swyddogaeth y storïwr, y bardd a'r hynafiaethydd lleol sy'n awdurdod ar lên a llafar ei fro. I roi brasamcan o'r deunydd cyfoethog a gynhwysir yn yr 'etifeddiaeth genedlaethol o hen draddodiadau' (ceir croesdoriad ohono yn y gyfrol hon) gellir cyfeirio at chwedlau a thraddodiadau a berthyn i'r prif ddosbarthiadau a ganlyn:

i.   Personau hanesyddol a lled-hanesyddol cynnar, megis y Brenin Arthur (eitemau 12, 53, 55); Myrddin (51); Taliesin (27, 34); a'r seintiau Cymreig (3, 13, 16, 45, 47, 50, 62).

ii.   Cymry enwog a nodedig, megis Llywelyn ein Llyw Olaf (42) ac Owain Glyndŵr (19, 24), arwyr cenedlaethol; Barti Ddu, môr-leidr (48); Twm Siôn Cati, arwr gwerin (37).

iii.   Digwyddiadau lleol a hanesyddol, megis anturiaethau Gwylliaid Cochion Mawddwy yn ystod yr unfed ganrif ar bymtheg (23) a Glaniad y Ffrancod yn Abergwaun yn 1797 (46).

iv.   Enwau lleoedd a nodweddion ffisegol, megis caeau, cerrig, ogofeydd, ffynhonnau, llynnoedd, afonydd a phontydd. Y mae llawer o'r chwedlau yn y dosbarth hwn yn onomastig, yn egluro tarddiad enw neu leoliad carreg, llyn, ac ati; er enghraifft, Pontarfynach (32) a Beddgelert (10) – enw a gysylltir â chwedl gydwladol am 'y gŵr a laddodd ei filgi'.

Un nodwedd amlwg yn y chwedlau hyn yw'r cyswllt agos sydd ynddynt rhwng hanes a thraddodiad, ffaith a ffantasi. Gall disgrifiad o lofruddiaeth yn y ddeunawfed ganrif fod yn ffaith, ond ai coel werin a dim arall yw'r staen gwaed annileadwy ar y mur?

4 Hiwmor

Bu yng Nghymru, fel mewn cymaint o wledydd eraill, draddodiad maith ac amrywiol iawn o adrodd storïau digri sy'n apelio'n fawr at bob carfan o gymdeithas. Gellir rhannu'r storïau hyn yn fras i'r pum prif ddosbarth a ganlyn.

i. Storïau digri sy'n wybyddus drwy Gymru gyfan gyda fersiynau cyffelyb mewn gwledydd eraill, a'r cymeriadau, fel arfer, yn rhai stoc, cynrychioliadol.

ii. Storïau digri ac anecdotau sy'n seiliedig gan mwyaf ar arabedd ac sy'n adlewyrchu diddordeb, gwaith a phersonoliaeth dosbarth arbennig o bobl, megis glowyr De Cymru neu chwarelwyr Gogledd Cymru.

iii. Storïau digri ac anecdotau sy'n gysylltiedig â chymeriadau lleol adnabyddus. Y mae llawer o'r storïau hyn yn ffurfio cylchoedd – yr un stori yn cael ei thadogi ar fwy nag un cymeriad mewn mwy nag un ardal. Enghraifft dda yw'r cymeriadau diddorol hynny mewn pentref a thref hyd at ddechrau'r ugeinfed ganrif a oedd yn meddu ar gynhysgaeth ddihysbydd o storïau celwydd golau. Cyn dyddiau'r radio a'r teledu dyma ddiddanwyr heb eu hail. Roedd ganddynt iaith liwgar, gyfoethog, dawn fawr i ddweud stori, a dychymyg rhyfeddol.

iv. Anecdotau neu hanesion digri sy'n gysylltiedig â chymeriadau bro ond nad ydynt yn gyfarwydd iawn y tu allan i ffiniau'r ardal leol.

v. Anecdotau neu hanesion doniol sy'n gysylltiedig â throeon trwstan.

Dethol Chwedlau

Wrth benderfynu ar y dewis o chwedlau i'w darlunio a'u disgrifio, roedd tair prif ystyriaeth. Yn gyntaf, ceisiwyd dethol chwedlau a thraddodiadau sy'n weddol gyfarwydd ac a gydnabuwyd ers tro yn rhan werthfawr o dreftadaeth ddiwylliannol y Cymry. Yn ail, i ddethol eitemau sy'n adlewyrchu, hyd yr oedd modd, ehangder traddodiad y stori werin. Yn drydydd, i ddethol eitemau a oedd yn sicrhau dosbarthiad daearyddol gweddol gytbwys. Afraid dweud, dibynnai'r dewis terfynol a chyfanswm y chwedlau ar nifer y darluniau y gellid yn rhesymol eu cynnwys ar y map.

Dim ond chwedlau y gellid eu lleoli'n weddol bendant a gynhwyswyd. Dyma'r prif reswm paham nad storïau, fel y cyfryw, yw mwyafrif yr eitemau, ond chwedlau a thraddodiadau a gysylltir yn benodol ag ardaloedd arbennig. Y mae mwyafrif y chwedlau yn cyfeirio at fodau mytholegol, megis Tylwyth Teg, y Diafol, ysbrydion, cewri, dreigiau ac angenfilod y dŵr; arwyr a chymeriadau enwog a hynod yn hanes Cymru; ac at enwau lleoedd, llynnoedd, ffynhonnau, ogofeydd, cerrig a phontydd.

Nid yw storïau digri bob amser wedi'u lleoli, gan fod y cymeriadau yn aml yn rhai cynrychioliadol. Ni fu'n bosibl, felly, i adlewyrchu'n deg draddodiad cyfoethog y stori ddigri yng Nghymru, gydag ambell eithriad megis yr anecdotau sy'n gysylltiedig â Thwm Siôn Cati (37).

Un bwlch amlwg yw eitemau sy'n ymdrin â'r cymeriadau lliwgar a adroddai gelwyddau golau; er enghraifft, Shemi Wâd (James Wade), Wdig, ger Abergwaun, a'r cymeriadau yr un mor lliwgar a oedd yn enwog am eu ffraethineb, megis Twm Weunbwll (Thomas Phillips), Glandŵr, Sir Benfro. Gellid yn hawdd fod wedi cynnwys darluniau a disgrifiadau o'r ddau gymeriad hyn oni bai fod traddodiadau pwysig eraill cyfagos, sef Glaniad y Ffrancod yn Abergwaun (46) a Helynt Beca yn Yr Efail Wen, Sir Benfro (49).

Themâu, Swyddogaeth ac Ystyr

Prif swyddogaeth y chwedlau gwerin a gyflwynir yn y gyfrol hon ydoedd difyrru. Ar adegau yr oedd rhai chwedlau (yn ymwneud, er enghraifft, â hud a lledrith a'r goruwchnaturiol) yn gymorth i ddyn ddianc am ychydig rhag undonedd a gofidiau bywyd. Ond yr oedd iddynt arwyddocâd amgenach lawer na bod yn unig yn gyfrwng dihangfa a difyrrwch. Fel y nodwyd eisoes, chwedlau yw llawer ohonynt sy'n seiliedig ar goelion gwerin a phrofiadau personol.

Y mae'n demtasiwn i ni yn oes soffistigedig yr ugeinfed ganrif ystyried y chwedlau yn ddim namyn adlewyrchiad o ofergoelion ein cyndadau. Y mae'n bwysig cofio, fodd bynnag, fod iddynt swyddogaeth benodol, ystyr a chnewyllyn o wirionedd i'n hynafiaid a dderbynnid ganddynt gyda pharch a diffuantrwydd.

Y mae'r chwedlau yn cyfleu teimladau dwysaf dyn: ei lawenydd a'i ofid, ei ddyheadau a'i ofnau. Datgelant ei ymateb i ddirgelwch a rhyfeddod bywyd; ei agwedd tuag at ei gyd-ddyn; ac, yn achlysurol, ei ymwneud â marwolaeth, yn enwedig y marw sy'n gwrthod marw ac yn mynnu dychwelyd ar ffurf ysbryd i drwblu'r byw.

Y mae nifer o'r chwedlau a'r traddodiadau yn fynegiant o ofnau cynhenid dyn. Rhaid iddo ymatal rhag herio ffawd ac ennyn dicter y duwiau. Yn yr hen amser cofleidiai'r coed i sicrhau bendith duw'r goedwig. A heddiw y mae pobl yn parhau i gyffwrdd pren a dweud '*touch wood*' – rhag ofn. Y mae'r chwedlau'n adlewyrchu ofn yr anwybod, gwrachyddiaeth, y drwg-lygad, afiechyd a marwolaeth. Dibynna dyn ar swynion. Y mae arno angen angor a diogelwch. Ar brydiau y mae'n rhoi ei ffydd yn Nuw, dro arall yn y Dyn Hysbys (fel yn eitem 31).

Ceir rhai gwaharddiadau na ddylai dyn eu herio; y mae deddfau na ddylid eu torri. Ceir un goeden yng Ngardd Eden na ddylid bwyta ei ffrwyth; ceir ffynnon yng Nghantre'r Gwaelod y dylid ailosod y caead arni bob amser rhag iddi orlifo (34); ceir un drws yng Ngwales yn stori Branwen na ddylid ei agor; ceir trysor o dan garreg a chromlech nad oes neb i'w symud.

Y gosb am anufudd-dod, trachwant, a chreulondeb yw dioddefaint a marwolaeth. Y mae cloch yn Ogof Arthur (55) na ddylid ei chanu, ond cyffyrddir â hi'n ddamweiniol gan y llanc ifanc sy'n mynd i mewn i'r ogof yn ei drachwant am arian, a chaiff ei guro'n ddidrugaredd. Mewn un fersiwn o chwedl Cantre'r Gwaelod boddir yr un ar bymtheg o ddinasoedd teg a'r holl drigolion oherwydd i Seithennin feddw, ceidwad y llifddorau, esgeuluso'i ddyletswyddau. Tywysogion creulon sy'n gyfrifol am foddi'r tiroedd o dan Lyn Tegid (21) a Llyn Syfaddan (43). Traflyncir Castell Pennard (54) gan storm o dywod oherwydd i'r tywysog erlid y Tylwyth Teg a ddawnsiai ar y llain gwyrdd o flaen y Castell (54) a bu raid i drigolion Conwy ddioddef newyn pysgod oherwydd eu creulondeb tuag at fôr-forwyn (13).

Y mae brwydr barhaol dyn yn erbyn drygioni, felly, yn thema amlwg yn chwedlau gwerin Cymru. Y mae iddynt swyddogaeth foesol ac addysgiadol bendant iawn, sef i argyhoeddi'r gwrandawyr o sicrwydd goruchafiaeth y da ar y drwg. Rhaid trechu neu dwyllo'r Diafol, fel y gwnaed gan yr hen wraig yn chwedl Pontarfynach (32); rhaid ymlid ymaith ysbrydion drwg; rhaid dadwneud melltith y wrach; a rhaid cyhoeddi'n wastadol allu dwyfol Duw, gwyrthiau a rhinweddau'r seintiau, a gorfoledd a bendith sy'n deillio o gariad a chyfeillgarwch dyn.

Yr oedd chwedlau gwerin hefyd yn ffynhonnell ysbrydoliaeth bwysig iawn. Atgoffir ni gan chwedlau sy'n ymwneud â hanes a thraddodiad fod yng Nghymru, fel mewn gwledydd eraill, ddolen-gydiol gref rhwng y gorffennol a'r presennol. Parodd cof gwerin fod pobl yn ymwybodol o hanes maith a chyffrous. Ymddengys y term 'hyd y nawfed ach' yn aml mewn chwedlau gwerin (e.e. Llyn Syfaddan, 43). Yr oedd i'r achyddwr a'r arwyddfardd swyddogaeth bwysig yn y gymdeithas Gymreig, a heddiw y mae diddordeb mewn hanes teulu mor fyw ag erioed.

Yn amryw o'r chwedlau plethir y gorffennol, y presennol a'r dyfodol ynghyd. Y mae 'Oes Aur' ddoe eto i ddyfod. Cyfeiria'r chwedlau at arwyr oes a fu: Arthur, Myrddin, Taliesin, Gwenllian, Llywelyn, Owain Glyndŵr. Ond nid gŵyr a gwragedd cyffredin mo'r personau hyn. Er marw – ni fuont farw. Y mae'r cof amdanynt a'u henwau'n fyw iawn o hyd yn ymwybyddiaeth pobl, a'u dewrder a'u harweiniad yn ysbrydoliaeth eto i Gymry'r ugeinfed ganrif.

Gwerth y Traddodiad

Pe gofynnid, wrth gloi, pa werth sydd yn ein storïau gwerin? Pa beth a ddysgwn wrth wrando arnynt? Paham y dylid eu diogelu heddiw a'u hailadrodd unwaith yn rhagor ar gyfer cynulleidfa newydd? Fe awgrymwn dri ateb.

Yn gyntaf, haedda'r storïau ein sylw oherwydd eu celfyddyd. Y mae amryw ohonynt yn glasuron bychain, yn amlygu diffuantrwydd pwrpas; cymeriadu lliwgar; uniongyrchedd mynegiant, arddull a ffurf; a dawn i drin iaith.

Yn ail, po fwyaf ein gwybodaeth am y storïau a'u swyddogaeth ac am ran y storïwr yn ei gymdeithas, mwya'n y byd y down i wybod am natur y gymdeithas gyfan.

Yn drydydd, po fwyaf ein gwybodaeth am y storïau ynghyd â'u cyd-destun cymdeithasol, agosaf y down at ddeall natur diwylliant dyn ac, yn wir, bywyd ei hun. Y mae astudio tarddiad y storïau, eu twf a'u morffoleg yn gyfrwng i'n hatgoffa o'r pedwar prif gyfnod yn hanes maith ein gwlad: Cymru gyn-hanesyddol a fu'n rhan unwaith o gyfandiroedd Ewrop ac Asia; Cymru'n rhan o'r gwledydd Celtaidd; Cymru'n rhan o Brydain; a Chymru'n uned fwy neu lai annibynnol. Y mae rhai o'r chwedlau yn ein dysgu am dduwiau ac arwyr cyn-Gristnogol, megis Gwyn ap Nudd (Nantmel, 39). Gall y chwedlau Tylwyth Teg am lynnoedd (e.e. Llyn y Fan Fach, 44) awgrymu math ar drigfan gyntefig ar lan llyn (crannog). Ac y mae chwedlau am yr Ychen Bannog (Llanddewibrefi, 38) yn dwyn i gof y math o wartheg gwyllt a drigai ym Mhrydain cyn oes y Rhufeiniaid.

Wrth astudio'r storïau gwerin cawn gipolwg, fel petai, ar ryfeddod yr ymennydd dynol ac ar ddatblygiad meddwl dyn ar hyd y canrifoedd. Er enghraifft, y mae'r storïau onomastig niferus sy'n ceisio egluro ystyr enwau lleoedd, megis Beddgelert (10), yn adlewyrchu dawn greadigol dyn a'i ddychymyg byw.

Soniwyd eisoes i'r gair Lladin *historia* roi inni yn Gymraeg y gair 'ystorïau' (hanesion). Ond rhoddodd inni hefyd y gair 'ystyr'. Y mae'n arwyddocaol ymhellach mai'r enw Cymraeg cynnar am y storïwr ydoedd 'y cyfarwydd'. Ei swyddogaeth oedd 'cyfarwyddo'. Credir bod y gair 'gweled' a'r gair Gwyddeleg *fili* (genidol, *filed*) yn tarddu o'r un bôn yn yr hen iaith Indo-Ewropeg. Yr oedd y cyfarwydd, fel y *fili*, yn fardd – yn weledydd, yn ddehonglwr, yn athro. Yr oedd yn arweinydd ac yn symbylydd ei bobl – yr un a oedd yn eu cynorthwyo i 'weld': gweld yr anweledig a rhoi ystyr i'r diystyr.

Chwedlau Gwerin Cymru: Bras-gynnwys

22 **Pennant Melangell, Sir Drefaldwyn**
Melangell, nawddsant yr ysgyfarnogod

23 **Mawddwy, Sir Feirionnydd**
Gwylliaid Cochion Mawddwy

24 **Nannau, Sir Feirionnydd**
Ceubren yr Ellyll. Owain Glyndŵr yn lladd Hywel Sele, Arglwydd Nannau

25 **Egryn, Sir Feirionnydd**
Mary Jones a goleuadau rhyfedd Capel Egryn yn ystod Diwygiad 1904–5

26 **Aberdyfi, Sir Feirionnydd**
Llyn Barfog a'r Fuwch Gyfeiliorn

27 **Tre Taliesin, Ceredigion**
Ceridwen y wrach a chwedl geni Taliesin y bardd

28 **Dylife, Sir Drefaldwyn**
Llofruddiaethau erchyll Siôn y Gof

29 **Llanllwchaearn, Sir Drefaldwyn**
Henry Williams a'r gwenith rhyfeddol

30 **Trefaldwyn, Sir Drefaldwyn**
Bedd y Lleidr

31 **Llangurig, Sir Drefaldwyn**
Dynion Hysbys Llangurig

32 **Pontarfynach, Ceredigion**
Yr hen wraig a dwyllodd y Diafol i godi pont

33 **Nanteos, Ceredigion**
Cwpan Nanteos a'r Greal Sanctaidd

34 **Cantre'r Gwaelod, Ceredigion**
Boddi Cantre'r Gwaelod

35 **Pennant, Ceredigion**
'Mari Berllan Piter', gwrach

36 **Ystrad-fflur, Ceredigion**
i Bedd y bardd Dafydd ap Gwilym o dan yr ywen
ii Canhwyllau'n goleuo ddydd a nos

37 **Tregaron, Ceredigion**
Twm Siôn Cati, lleidr pen-ffordd ac arwr gwerin

38 **Llanddewibrefi, Ceredigion**
Y ddau Ychen Bannog

39 **Nantmel, Sir Faesyfed**
i Llyn Gwyn a Gwyn ap Nudd, Brenin y Tylwyth Teg
ii Llyn Gwyn a'r brithyll sy'n crawcian

40 **Maesyfed**
Dr John Lloyd, 'Silver John'

41 **Glasgwm, Sir Faesyfed**
Eglwys Glasgwm, cloch Bangu, a llosgi tre Rhaeadr

42 **Cilmeri, Sir Frycheiniog**
Marw Llywelyn ein Llyw Olaf

43 **Llyn Syfaddan, Sir Frycheiniog**
i Boddi'r tir o dan y llyn
ii Adar Llyn Syfaddan a Gruffudd ap Rhys

44 **Llyn y Fan Fach, Sir Gaerfyrddin**
Morwyn Llyn y Fan Fach a Meddygon Myddfai

45 **Nanhyfer, Sir Benfro**
   i Croes Sant Brynach a'r gog
   ii Yr Ywen Waedlyd

46 **Abergwaun, Sir Benfro**
   Jemima Nicholas a Glaniad y Ffrancod,
   1797

47 **Tyddewi, Sir Benfro**
   Traddodiadau am Ddewi, nawddsant
   Cymru

48 **Casnewy-bach, Sir Benfro**
   Bartholomew Roberts (Barti Ddu), y
   môr-leidr

49 **Yr Efail Wen, Sir Benfro**
   Helynt Beca

50 **Capel Sant Gofan, Sir Benfro**
   Traddodiadau am Sant Gofan a'r capel
   bychan ger y môr

51 **Caerfyrddin**
   Myrddin, y dewin

52 **Cydweli, Sir Gaerfyrddin**
   Ysbryd Gwenllian yn chwilio am ei phen
   ger Castell Cydweli

53 **Tre Rheinallt, Sir Forgannwg**
   Coeten Arthur

54 **Castell Pennard, Sir Forgannwg**
   Rhys ap Iestyn a'r Tylwyth Teg, y castell
   a'r storm o dywod

55 **Ogof Craig y Dinas, Sir Forgannwg**
   Ogof y Brenin Arthur

56 **Llangynwyd, Sir Forgannwg**
   Wil Hopcyn a'r Ferch o Gefn Ydfa

57 **Llanwynno, Sir Forgannwg**
   Guto Nyth Brân, y rhedwr enwog

58 **Gilfach Fargoed, Sir Forgannwg**
   Y Tylwyth Teg a Thylluan Pencoed
   Fawr a'r adar yn lladd y cawr; llosgi'r
   corff a darganfod glo yng Nghwm
   Rhymni

59 **Castell Ogwr, Sir Forgannwg**
   i Y Ladi Wen a thrysor Castell Ogwr
   ii Taflu arian cudd i Afon Ogwr

60 **Pen-marc, Sir Forgannwg**
   Pen march cyflymaf un o dywysogion
   Gogledd Cymru a ddisgynnodd ym
   Mhen-marc. Stori onomastig

61 **Castell Coch, Sir Forgannwg**
   Yr eryrod ffyrnig sy'n gwarchod trysor
   Ifor Bach yn y castell

62 **Casnewydd-ar-Wysg, Sir Fynwy**
   Sant Gwynllyw a'r ychen gwyn a seren
   ddu ar ei dalcen

63 **Rhisga, Sir Fynwy**
   i 'Cogau Rhisga' – llysenw'r trigolion
   ii Twmbarlwm a'r frwydr rhwng y cacwn
      a'r gwenyn meirch

1 AFON ALAW

1
Afon Alaw, Sir Fôn

Yn Ail Gainc y Mabinogi (sef y casgliad o chwedlau Cymraeg clasurol a ysgrifennwyd rywdro yn ail hanner yr unfed ganrif ar ddeg) adroddir hanes Bendigeidfran yn arwain byddin i Iwerddon i ddial y cam a wnaed â Branwen, ei chwaer. Yn y frwydr lladdwyd pob un o ymladdwyr dewr Ynys y Cedyrn, ac eithrio saith gŵr. Dychwelasant i Gymru'n drist a Branwen gyda hwynt a phen Bendigeidfran, eu harglwydd. 'Ac yn Aber Alaw yn Nhalebolion y daethant i'r tir. Ac yna, eisteddasant a gorffwys. Edrychodd hithau ar Iwerddon ac ar Ynys y Cedyrn, gymaint a welai ohonynt. "O Fab Duw", ebe hi, "gwae fi fy ngenedigaeth. Dwy ynys dda a ddifethwyd o'm hachos i." A rhoddodd ochenaid fawr, a thorri ei chalon ar hynny. Gwnaed bedd petryal iddi, a'i chladdu yno yng nglan Alaw.'

Hyd ddechrau'r bedwaredd ganrif ar bymtheg roedd carnedd ar lan afon Alaw, ger Llanddeusant, Ynys Môn, a elwid yn lleol yn Fedd Branwen, neu Garn Branwen. Yn 1813, fodd bynnag, roedd ffermwyr y cylch angen cerrig ar gyfer adeiladu. Chwalwyd y garnedd a chanfuwyd cist gerrig ac wrn ynddi yn cynnwys llwch corff dynol. Erys un garreg fawr lle bu'r garnedd, a Bedd Branwen, neu Garreg Branwen, yw'r enw arni hyd y dydd heddiw.

2
Llanddona, Sir Fôn

Y mae 'Gwrachod' neu 'Witsiwrs Llanddona', Ynys Môn, yn sicr, ymhlith gwrachod enwocaf Cymru. Dywedir iddynt gael eu halltudio o'u gwlad eu hunain ganrifoedd lawer yn ôl (o Lychlyn, medd traddodiad) am ymarfer gwrachyddiaeth, a'u gyrru allan i'r môr mewn cwch heb na llyw na rhwyfau. Cludwyd hwy gan y gwynt a'r tonnau i gyfeiriad Môn. Ceisiodd y Cymry eu gyrru'n ôl, ond yn ofer, a chawsant lochesu ar y llechweddau rhwng pentref Llanddona a'r môr. Cysylltir â hwy hyd y dydd hwn rai tai ac adfeilion yn yr ardal, megis Cyrdeddi Bach, Belan Wen a Bwlch y Groes. Erys ar gof gwlad hefyd enwau rhai o'r witsiwrs, megis Bela Fawr, Lisi Blac a Siân Bwt. Gwraig fechan garpiog, bryd tywyll, oedd Siân, prin bedair troedfedd o daldra, a dwy fawd ar ei llaw chwith. Daeth y witsiwrs i'r lan ar fin marw o eisiau bwyd a diod, a dywed traddodiad iddynt ddymuno yn y fan a'r lle i ffynnon o ddŵr pur ymddangos ar y traeth. Ac felly fu.

Roedd y gwrachod yn byw ar gardota a melltithio, a chredid y gallent drosglwyddo'u gallu o un genhedlaeth i'r llall, yn arbennig o fam i ferch. Ofnid hwy yn ddirfawr ac ni feiddiai neb wrthod cardod iddynt na chynnig yn eu herbyn mewn marchnad, rhag iddynt gael eu rheibio. Pe bai anifail yn gwaelu neu'n marw, neu pan fyddai'r hufen yn y fuddai gorddi yn hwyrfrydig i dorri yn ystod tywydd mwll yr haf, y gwrachod a gâi'r bai. Gallent hefyd, yn ôl y goel, eu trawsffurfio'u hunain yn sgwarnogod i osgoi cael eu dal yn godro'r gwartheg. Cyfarfyddent yn aml ger y Ffynnon Oer i lafarganu'u melltithion. Dyma un o'r melltithion ysgeler hynny: 'Crwydro y byddo am oesoedd lawer; ac ym mhob cam, camfa; ac ym mhob camfa, codwm; ym mhob codwm, torri asgwrn; nid yr asgwrn mwyaf na'r lleiaf, ond asgwrn chwil corn ei wddw bob tro'.

Byw ar smyglo a wnâi'r gwŷr. Anodd iawn oedd eu trechu. Ymladdent fel llewod, a phan flinent, datodent gwlwm eu cadach gwddw a rhyddhau pryfyn a anelai yn syth am lygad yr ymosodwr a'i ddallu.

Gan mor drwm fu dylanwad yr alltudion hyn ar gymuned yn Llanddona, clywir pobl hyd y dydd heddiw, rhwng difrif a chwarae, yn galw'r trigolion yn 'Wrachod', neu'n 'Witsiwrs Llanddona'.

3 YNYS LLANDDWYN

3
Ynys Llanddwyn, Sir Fôn

Ynys 65 erw yw Llanddwyn ar arfordir Môn, ger Niwbwrch, a gysylltir â Dwynwen, nawddsant cariadon Cymru. Yn ôl yr hanes roedd gan Brychan Brycheiniog bedair ar hugain o ferched a Dwynwen oedd un o'r harddaf ohonynt. Roedd hi mewn cariad â Maelon Dafodrill, ond roedd Brychan eisoes wedi trefnu i'w ferch briodi tywysog arall. Digiodd Maelon a threisiodd Dwynwen a'i gadael. Ciliodd hithau i goedwig unig a gweddïodd ar i Dduw ei gwella o'i serch at Maelon. Tra oedd yn cysgu daeth angel ati a rhoi diod iddi. Ciliodd ei serch yn llwyr. Yn ei breuddwyd gwelodd yr angel yn rhoi yr un ddiod i Maelon, ond fe droes ef yn dalp o rew. Yna cynigiodd yr angel dri dymuniad i Dwynwen. A dyma'r tri dymuniad a wnaeth: gofyn i Dduw ddadmer Maelon; gofyn i Dduw, trwyddi hi, wireddu dymuniadau pob gwir gariadon; a gofyn i Dduw sicrhau na fyddai arni fyth eto fod eisiau priodi. Gwireddwyd tri dymuniad Dwynwen a chysegrodd ei bywyd i wasanaethu Duw, ac y mae olion ei heglwys i'w gweld heddiw ar yr ynys.

O'r Canol Oesoedd hyd y ddeunawfed ganrif bu cariadon lawer yn pererindota i Landdwyn i ymofyn am fendith Dwynwen. Credent hefyd fod symudiadau pysgodyn cysegredig a phrin yn Ffynnon Dwynwen (Ffynnon Fair, fel y gelwir hi bellach) yn gyfrwng i ragfynegi'r dyfodol iddynt. Dethlid Gŵyl Santes Dwynwen ar 25 Ionawr, ac yn ddiweddar dechreuwyd cyhoeddi cardiau serch Santes Dwynwen i'w hanfon at gariadon ar y diwrnod hwn.

4

Clynnog Fawr, Sir Gaernarfon

Saif pentref Clynnog ar y ffordd fawr rhwng Caernarfon a Nefyn. Cysegrwyd yr Eglwys i Sant Beuno ac adroddir llawer o chwedlau amdano yn yr ardal. Dywedir iddo gael ei dir yno gan Gwyddaint, cefnder Cadwallon, Brenin Gwynedd. Er mwyn bendithio a selio'r rhodd dywed traddodiad iddo naddu croes â'i fawd ar garreg a elwir Maen Beuno sydd ar gadw bellach yn Eglwys Clynnog. Y chwedl fwyaf adnabyddus am Sant Beuno yw'r un sy'n sôn amdano'n croesi o Glynnog i Ynys Llanddwyn i bregethu pan ddisgynnodd ei lyfr pregethau i'r dŵr. Cludwyd y llyfr gan y tonnau ymhell o'i gyrraedd, ond daeth y gylfinir a'i godi o'r môr a'i osod yn ddiogel ar garreg. Yn dâl am hyn gweddïodd Beuno ar i Dduw fendithio'r gylfinir a'i diogelu. Atebwyd ei weddi ac anodd iawn yw dod o hyd i'w nyth.

Pan fu Beuno farw roedd tair mynachlog, yn ôl y chwedl, sef Enlli, Beddgelert a Chlynnog, am gael yr hawl i gladdu'i gorff, a bu hen ddadlau ynghylch hynny. Ond yna fe ddigwyddodd gwyrth. Roedd cludwyr ei gorff yn noswylio mewn man nid nepell o Glynnog a alwyd wedi hynny yn Ynys yr Arch, a phan aethant at yr arch yn y bore gwelsont, er mawr syndod, fod yno dair. A thrwy hynny bodlonwyd pob un o'r tair mynachlog – er y tybiai mynaich Clynnog mai hwy a gladdodd yr arch gywir!

Yn Eglwys Clynnog hyd y dydd heddiw gwelir hen gist drom a wnaed o un boncyff trwchus, a'r enw arni yw Cyff Beuno. Hyd at y bedwaredd ganrif ar bymtheg arferid gwerthu lloi a nod Sant Beuno arnynt, sef bwlch naturiol yn y glust, a rhoddid yr arian fel offrwm yn y Cyff. Saif Ffynnon Beuno tua dau gan llath o'r eglwys. Yr oedd yn enwog gynt fel ffynnon rinweddol at wella, er enghraifft, blant epileptig a phobl yn dioddef o wendid corfforol.

5

Nant Gwrtheyrn, Sir Gaernarfon

O bumdegau cynnar yr ugeinfed ganrif hyd yn ddiweddar bu Nant Gwrtheyrn, ger Llithfaen, Pwllheli, yn bentref marw wedi'i amgáu rhwng y môr a'r llechweddau serth. Y mae'r ddau draddodiad enwocaf a gysylltir â'r Nant yn llawn trasiedi ac mewn cytgord â theimlad llawer un a fu'n syllu ar weddillion y pentref gwag – fel pe bai wedi'i dynghedu i farw.

Y mae'r traddodiad cynharaf yn ymwneud â Gwrtheyrn, Brenin Brythonig o'r bumed ganrif oedd ef a bortreadir mewn hanes a chwedloniaeth fel dyn drwg a fradychodd ei bobl ei hun i'r Saeson. (Gweler hefyd eitem 11.) Fe'i gorfodwyd i adael Dinas Emrys a ffoi i Nant Gwrtheyrn. Roedd mynaich wedi tyngu na fyddai'n marw o achosion naturiol. Dywed rhai i'w gastell gael ei losgi'n ulw; dywed eraill iddo gael ei ladd gan fellten, neu ei orfodi i neidio o graig fawr uwchben y môr a elwir hyd heddiw yn Garreg y Llam.

Ceir traddodiad llawer diweddarach a mwy adnabyddus sy'n adrodd stori drist dau gariad o'r Nant o'r enw Rhys a Meinir. Ar ddydd eu priodas daeth y gwŷr ieuainc i gario'r briodferch i'r eglwys. Gan ddilyn hen arfer yr oes cymerodd Meinir arni i ddianc, ac ymguddiodd mewn ceubren crin. Ond yn ofer y ceisiodd ddod yn rhydd o'r pren, a bu yno am amser maith. Collodd Rhys ei bwyll a bu'n crwydro'n hir heb neb yn gwmni iddo ond ei gi ffyddlon. Un diwrnod holltwyd y pren yn ddau gan fellten a datgelu ysgerbwd corff ei Feinir hoff. Bu farw Rhys o dorcalon yn fuan wedyn a chladdwyd y ddau yn yr un arch. Yn ôl fersiwn arall ar y stori bu farw Rhys cyn darganfod corff Meinir. Pan oedd tri mynach o Glynnog Fawr gerllaw ar daith genhadu Gristnogol yn Nant Gwrtheyrn, fe'u gwrthwynebwyd. Yn gosb am hyn melltithiodd y mynaich y trigolion, gan dyngu na fyddai i unrhyw ddau gariad o'r Nant briodi, na fyddai i unrhyw un o'r boblogaeth gael ei gladdu mewn tir cysegredig ac, yn olaf, y byddai i'r pentref,

maes o law, farw. Gwireddwyd yr ail broffwydoliaeth, meddir, pan fu i'r ceffyl oedd yn tynnu'r wagen ac arch Meinir arni ar ei ffordd i'w chladdu yn Eglwys Clynnog fethu â dringo'r rhiw serth. Syrthiodd o ben clogwyn i'r môr gan dynnu'r wagen a'r arch ar ei ôl.

O ddiwedd saithdegau'r ugeinfed ganrif, gyda sefydlu'r Ganolfan Iaith, daeth bywyd unwaith eto i Nant Gwrtheyrn.

6 ABERDARON

6

Aberdaron, Sir Gaernarfon

A r dir fferm Sgubor Bach, Aberdaron, y mae cae lle safai bwthyn Cae'r Eos gynt. Dyma fan geni Richard Robert Jones (1780–1843), y cymeriad hynod a adwaenid drwy Gymru gyfan fel Dic Aberdaron, a thestun llawer o hanesion. Saer llongau oedd ei dad a chyflogodd ei fab fel prentis. Ond fe ymddengys nad oedd gan y Dic ifanc fawr o ddiddordeb yng nghrefft ei dad a gadawodd gartref yn fuan. Gyda phentyrrau o lyfrau yn ei bocedi, cath yn gwmpeini, corn hwrdd am ei wddf, ac yn aml yn gwisgo het hynod o groen sgwarnog ar ei ben, treuliodd ei oes yn crwydro'r wlad gan ddysgu cymaint â phymtheg o ieithoedd. Er na chafodd erioed chwarter o ysgol ffurfiol dechreuodd ddysgu Lladin pan oedd yn ddeuddeg mlwydd oed.

Credid fod ganddo allu hefyd i godi cythreuliaid. Ymddangosent ar brydiau fel moch bach a galwai Dic hwy'n 'Gathod Corneliws'. Un tro roedd medelwyr fferm Methlem, ger Aberdaron, yn cael trafferth mawr i dorri cae ŷd a oedd yn llawn ysgall. Galwodd Dic ar ei gyfeillion ellyllaidd i ddod i'w gynorthwyo a chyflawnwyd yr holl waith mewn ychydig funudau.

Yn Llanelwy, Clwyd, yr oedd pan fu farw ac yno y claddwyd ef. Cyhoeddwyd cofiant byr iddo gan H. Humphreys, Caernarfon, a bu hefyd yn destun cân adnabyddus gan Syr T. H. Parry-Williams sy'n cloi â'r llinellau a ganlyn:

> *Parchwn ei goffadwriaeth, oll ac un.*
> *Mawrygwn yr ieithmon a'r cathmon hwn o Lŷn.*
>
> *Os ffolodd ar fodio geiriadur a mwytho cath,*
> *Chwarae-teg i Dic – nid yw pawb yn gwirioni run fath.*

7
Ynys Enlli

Am ganrifoedd bu Ynys Enlli, a saif ddwy filltir o'r tir mawr ym Mhenrhyn Llŷn, yn gyrchfan boblogaidd iawn i bererinion a saint o Gymru a thu hwnt. Dywed traddodiad i ugain mil o saint gael eu claddu ar yr ynys gysegredig, a cheir hanesion lawer am y trigolion yn darganfod esgyrn ar y tir. Ystyrid tair pererindod i Enlli gynt yn gyfwerth ag un i Rufain. Erys o hyd yn Llŷn atgof am lwybrau'r pererinion. Er enghraifft, oedent yn yr hen Gegin Fawr yn Aberdaron i fwyta eu pryd bwyd olaf ar y tir mawr cyn croesi'r dŵr, ac mewn craig wrth droed y Mynydd Mawr yn Uwchmynydd, gyferbyn ag Enlli, ceir ffynnon o'r enw Ffynnon Fair. Dywedir y byddai'r pererinion yn cerdded i lawr Grisiau Mair, yn yfed o ddŵr y ffynnon hon ac yna'n dweud eu paderau olaf cyn mentro'r Swnt o Borth Meudwy a chroesi am yr ynys. Arferai trigolion y tir mawr allu rhagfynegi afiechyd yn yr ardal, neu storm, neu foddi ar y môr drwy syllu ar ffurfiau annelwig mynaich yn eu cycyllau ar Enlli.

Erbyn heddiw does prin neb yn byw ar yr ynys gydol y flwyddyn, ond yn yr haf yn arbennig deil yn hafan i deithwyr a naturiaethwyr encilio iddi ac erys y traddodiad am yr 'ugain mil o saint' yn fyw iawn o hyd ar lafar gwlad.

8
Castellmarch, Sir Gaernarfon

Ffermdy hynafol ger Aber-soch yn Llŷn yw Castellmarch. Fe'i cysylltir â stori werin gydwladol ac onomastig (stori sy'n esbonio enw). Yno, medd traddodiad, yr oedd y brenin March ap Meirchion yn byw. Ac yr oedd clustiau ceffyl ganddo. Ond ni wyddai neb hynny ar wahân i'w eillydd. Yn ôl y fersiwn gynharaf ar y stori (a gofnodwyd ganol yr unfed ganrif ar bymtheg yn un o lawysgrifau Peniarth, rhif 134), roedd y brenin wedi bygwth hwnnw nad oedd ar boen ei fywyd i ddatgelu'r gyfrinach wrth un creadur byw. Ymhen peth amser, fodd bynnag, aeth hynny'n faich rhy drwm i'r eillydd druan a dechreuodd boeni. Cynghorwyd ef gan ffisigwr i sibrwd ei gyfrinach wrth y ddaear. Gwnaeth yntau hynny mewn tir llaith ar lan afon. Ac yno fe dyfodd cyrs teg. Ymhen y rhawg daeth rhai o bibyddion y brenin Maelgwn Gwynedd heibio ar eu taith i noson lawen yng Nghastellmarch. Torrwyd un o'r cyrs gan bibydd i wneud pib newydd. Ond pan ganodd hi gerbron y brenin March yr unig sain a ddeuai ohoni ydoedd: 'Mae clustiau march gan Farch ap Meirchion'. Ac o'r pryd hwnnw, medd y chwedl, ni cheisiodd March gadw'r gyfrinach am ei glustiau rhag ei ddeiliaid.

Yn ôl fersiwn ddiweddarach ar y stori (a gofnodwyd gyntaf gan yr ysgolhaig Edward Lhuyd, 1660–1709), lladdai March bob un o'r eillwyr a'u claddu yn y man lle tyfodd y 'cyrs teg'. Datgelir y gyfrinach, maes o law, yn yr un modd ag y nodwyd eisoes.

Y mae'n dra thebyg mai'r un person yw'r brenin yn y fersiynau Cymraeg â March ap Meirchion, un o farchogion Arthur, ac a enwir yn y Trioedd fel un o 'Dri Llynghesawg Ynys Prydain'. Midas yw enw'r brenin yn y stori adnabyddus o wlad Groeg, a chlustiau asyn sydd ganddo. Yn y fersiwn Gernywaidd, Mark yw enw'r brenin, a Porzmarc'h a Guivarc'h yn y fersiynau Llydewig. Sail yr holl fersiynau yw'r cof gwerin am gysegredigrwydd y ceffyl gynt yn yr hen oes.

9

Borth-y-gest, Sir Gaernarfon

Saif ffermdy'r Garreg Wen ar lan y môr ger Borth-y-gest. Yma y ganed David Owen, 'Dafydd y Garreg Wen' (1711/12–1741), y telynor enwog y cysylltir ag ef sawl traddodiad. Dechreuodd ganu'r delyn pan oedd yn llanc ifanc iawn mewn nosweithiau llawen yn y cylch. Dywedir mai wrth ddod adref o Blas y Borth, ac yntau'n gorffwys gyda'i delyn wrth faen mawr, y clywodd ehedydd yn canu yn y bore bach ac y cyfansoddodd yr alaw 'Codiad yr Ehedydd'.

Bu Dafydd farw yn naw ar hugain oed. Pan oedd ar ei wely angau dywedir iddo ddeffro o drwmgwsg a gofyn i'w fam estyn ei delyn iddo, oherwydd breuddwydiodd, meddai ef, ei fod yn y nefoedd yn gwrando ar gerddoriaeth hyfryd yng nghwmni dwy golomen. Fel hyn, yn ôl y chwedl, y cyfansoddwyd yr alaw adnabyddus a thrist: 'Dafydd y Garreg Wen'. Gofynnodd i'w fam drefnu bod yr alaw hon yn cael ei chanu yn ei angladd. Ac felly fu. Canwyd hi gan deulu a chyfeillion bob cam o'r Garreg Wen i Fynwent Eglwys Ynys Cynhaearn. Ac yn dilyn yr orymdaith yr oedd dwy golomen wen. Flynyddoedd yn ddiweddarach codwyd carreg ar ei fedd gan yr hynafiaethydd Ellis Owen (1789–1868), o Gefnymeysydd. Arni cerfiwyd llun telyn a cheir arni hefyd englyn coffa gan Ellis Owen.

Cyhoeddwyd yr alawon 'Codiad yr Ehedydd' a 'Dafydd y Garreg Wen' am y tro cyntaf gan Edward Jones, 'Bardd y Brenin', yn ei *Musical and Poetical Relicks of the Welsh Bards* (1784). Yn ddiweddarach cyfansoddwyd geiriau Cymraeg i'r alawon gan Ceiriog.

10

Beddgelert, Sir Gaernarfon

Roedd gan Llywelyn Fawr ei hoff gi o'r enw Gelert. Fe'i cawsai'n rhodd gan y Brenin John, tad Siwan, ei wraig. Un diwrnod, pan ddychwelodd y tywysog i'w gastell synnodd weld Gelert yn rhedeg i'w gyfarfod yn waed yr ael. Roedd gan Llywelyn fab blwydd oed ac arferai Gelert chwarae ag ef. Mewn braw rhuthrodd y tywysog i ystafell y plentyn. Roedd y crud wedi troi wyneb i waered a'r lle'n llanast ac yn waed i gyd. Ni allai weld ei fab yn unman a thybiai'n siwr fod Gelert wedi'i ladd. Yn ei ddicter a'i fyrbwylltra trywanodd ei gleddyf drwy galon Gelert. Ond fel y rhoddai'r ci ei waedd olaf clywodd Llywelyn sŵn crio plentyn o dan y crud. Ac yno y darganfu'i fab bychan yn gwbl ddianaf, a thu ôl i'r crud gorweddai corff marw blaidd mawr wedi'i larpio'n ddarnau. Yn ofer y bu hiraeth Llywelyn am ei gi ffyddlon a laddodd y blaidd er mwyn achub ei fab. Claddodd Gelert y tu allan i furiau'r castell yng ngolwg Yr Wyddfa fel y gallai pawb weld y bedd wrth gerdded heibio, a chododd garnedd o gerrig arno. A hyd y dydd heddiw gelwir y fan yn Beddgelert.

Y mae'r chwedl onomastig uchod yn sicr yn un o chwedlau gwerin mwyaf adnabyddus Cymru a bydd miloedd bob blwyddyn yn ymweld â phentref hyfryd Beddgelert ac yn oedi ger y bedd. Ychydig dros ddau gan mlynedd yn ôl, fodd bynnag, nid oedd bedd y ci Gelert mewn bod. Y mae stori'r 'Gŵr a laddodd ei filgi' yn un gydwladol, o darddiad dwyreiniol, mae'n dra thebyg, ac yn llawer hŷn na chyfnod Llywelyn Fawr (1173–1240). Cyfeirir ati hefyd mewn dihareb Gymraeg gynnar: 'Mor ffôl â'r gŵr a laddes ei filgi'.

Tua 1793 daeth dyn o'r enw David Pritchard o'r De i fyw i'r pentref. Gwyddai eisoes am stori'r 'Gŵr a laddodd ei filgi' a gwelodd gyfle i ehangu'i fusnes. Rhoes yr enw Gelert ar y ci a chyflwynodd Lywelyn Fawr i'r stori oherwydd ei gysylltiadau â'r abaty Awgwstinaidd yn yr ardal. David Pritchard, gyda chymorth clerc y plwyf, a gododd y bedd. Ef hefyd, fe dybir, a adroddodd y stori wrth y bardd Spencer, a thrwy ei faled ef, yn bennaf, y daeth y stori'n wybyddus i'r byd Seisnig. Erbyn 1800 roedd David Pritchard yn denant Gwesty'r Afr, y Royal Goat Hotel, sydd fyth oddi ar hynny wedi rhoi llety i gyfran o'r ymwelwyr niferus â Beddgelert. Ffurfiau cynnar enw'r pentref yw: Beddcelert, Beddcilart a Bethcelert. Y mae'n bosibl fod Celert yn enw Gwyddelig ar sant, neu arwr Celtaidd cynnar.

53

11

Dinas Emrys, Sir Gaernarfon

Caer o Oes yr Haearn yw Dinas Emrys wedi'i lleoli gyferbyn â Llyn Dinas rhwng Beddgelert a Nant Gwynant. Y mae'r traddodiadau cynnar sy'n ymwneud â'r gaer hon (a gofnodwyd gyntaf gan Nennius(?) yn ei *Historia Brittonum* (*c*. 800) ac yn ddiweddarach yn chwedl *Cyfranc Lludd a Llefelys* yn Y Mabinogion) yn egluro paham fod y Ddraig Goch wedi'i mabwysiadu gan y Cymry yn arwyddlun cenedlaethol.

Wedi i Gwrtheyrn, y brenin Brythonig o'r bumed ganrif, fradychu ei bobl ei hun i'r Sacsoniaid ffodd rhag ei elynion i Eryri. Yno ceisiodd godi castell, ond yr oedd holl waith yr adeiladwyr yn diflannu'n ddirgel yn y nos. Cynghorwyd ef gan ei ddewiniaid i ddarganfod llanc a anwyd o forwyn. Rhaid oedd aberthu'r llanc a thaenellu'i waed ar y sylfeini. Cafwyd hyd i fachgen felly o'r enw Emrys Wledig (Myrddin Emrys, neu Merlinus Ambrosius) – yr un person yn ôl Sieffre o Fynwy â Myrddin, y bardd-ddewin. Ond profodd Emrys ei fod yn well dewin na dynion Gwrtheyrn. Dywedodd wrth y brenin fod o dan y gaer lyn tanddaearol a dwy ddraig yn cysgu ynddo, un wen yn cynrychioli'r Sacsoniaid ac un goch yn cynrychioli'r Brythoniaid. Pan sychwyd y llyn dechreuodd y dreigiau ymladd, a'r ddraig goch a orchfygodd. Gorfodwyd Gwrtheyrn wedi hynny i adael ac aeth i Nant Gwrtheyrn i godi'i gastell yno. (Gweler eitem 5.) Adeiladodd Emrys ei gaer lle bu'r dreigiau yn ymladd ac fe'i galwyd wedi hynny yn Ddinas Emrys.

Arthur, meddir, oedd y cyntaf i gludo baner a'r Ddraig Goch arni. Yn ystod yr Oesoedd Canol cyfeirid at ddraig yn aml gan y beirdd fel symbol o ddewrder eu harweinwyr. Yn ystod teyrnasiad y Tuduriaid rhwng 1485 a 1603 daeth y ddraig yn rhan o arfbais y teulu. Er i'r Ddraig Goch ailymddangos fel arwyddlun brenhinol Cymru yn 1807, nid tan 1959, ar awgrym

Gorsedd y Beirdd, y cydnabuwyd hi yn swyddogol gan y Frenhines Elizabeth. Ychwanegwyd yr arwyddair 'Y Ddraig Goch ddyry gychwyn' ar yr arwyddlun brenhinol yn 1953. Daw'r geiriau o gywydd Deio ab Ieuan Ddu yn gofyn am darw gan Siôn ap Rhys o Lyn-nedd.

11 DINAS EMRYS

12

Yr Wyddfa, Sir Gaernarfon

Ceir nifer o chwedlau a thraddodiadau am Yr Wyddfa, y mynydd uchaf yng Nghymru sy'n 3,560 troedfedd o uchder. Sonnir, er enghraifft, am Eryrod Eryri. Gallent hwy ragfynegi heddwch neu ryfel, buddugoliaeth neu ddinistr. Pan ehedent yn uchel yn yr awyr, arwydd oedd hynny o fuddugoliaeth i'r Cymry, ond pan ehedent yn isel, arwydd o aflwyddiant ydoedd. Os clywid hefyd eu sŵn yn crochlefain yn wylofus, dywedid eu bod yn crio am fod dinistr gerllaw.

Yn ôl un chwedl yr enw ar y mynydd gynt ydoedd Gwyddfa Rhita (gwyddfa yn golygu carnedd). Cawr oedd Rhita a arferai ysbeilio teithwyr a lladd brenhinoedd. Torrai eu barfau a'u gwnïo yn ei fantell fawr. Fe'i lladdwyd, mewn un traddodiad, gan Idris Gawr a drigai ar fynydd Cadair Idris, ger Dolgellau. Yn ôl fersiwn arall ar y chwedl, y diwedd fu i Rhita Gawr herio'r Brenin Arthur ei hun. A bu edifar ganddo. Arthur a orfu ac fe gladdwyd Rhita o dan garreg fawr ar dir fferm Tan y Bwlch, Llanuwchllyn. Ond dywed traddodiad arall eto mai yn Eryri y claddwyd ef. Gorchmynnodd Arthur i bob un o'i filwyr osod carreg ar ei gorff mawr. A dyna sut y ffurfiwyd Yr Wyddfa a'i galw'n Wyddfa Rhita.

13

Conwy, Sir Gaernarfon

Un tro golchwyd môr-forwyn i'r lan gan storm ar y creigiau ger Conwy. Erfyniodd yn daer ar y pysgotwyr a'i canfu i'w chynorthwyo yn ôl i'r môr, ond dyma nhw'n gwrthod hyd yn oed osod ei chynffon yn y dŵr, a bu'r fôr-forwyn farw o oerfel. Ceir rhigwm lleol sy'n disgrifio'n fyw ei marwolaeth greulon:

> *Y fôr-forwyn ar y traeth,*
> *Crio, gwaeddi'n arw wnaeth.*
> *Ofn y deuai drycin drannoeth;*
> *Yr hin yn oer a rhewi wnaeth.*

Cyn marw melltithiodd y fôr-forwyn drigolion Conwy, gan dyngu y byddent yn dlawd bob amser. Credid gan rai i'r felltith gael ei gwireddu. Er enghraifft, pe deuai dieithryn i'r dref â sofren aur ganddo, dywedid y byddai raid i'r trigolion groesi i Lansanffraid Glan Conwy er mwyn cael arian mân yn newid.

Yn ôl chwedl arall roedd unwaith newyn pysgod yng Nghonwy. Un diwrnod roedd y Santes Ffraid yn cerdded o Lansanffraid Glan Conwy ar hyd glannau Afon Conwy ac yn taflu brwyn i'r dŵr. Gweddïodd ar i Dduw roi terfyn ar y newyn, ac ymhen ychydig ddyddiau troes y brwyn yn bysgod. Yn fuan iawn roedd yr afon yn orlawn o'r pysgod rhyfeddol, a'r enw a roddwyd arnynt fyth wedyn ydoedd 'brwyniaid' (*Osmerus eperlanus*). Pysgod bychain blasus ydynt yn perthyn i rywogaeth y brithyll ac yn gymharol brin ym Mhrydain.

14

Ffynnon Eilian, Sir Ddinbych

Ffynnon Eilian, yn Llaneilian-yn-Rhos, ger Bae Colwyn, oedd ffynnon reibio enwocaf Cymru unwaith. Pan oedd Eilian Sant yn crwydro'r ardal yn y chweched ganrif daeth syched mawr arno a dywedir i'r ffynnon darddu wrth ei draed. Bendithiodd Eilian y ffynnon a chaniataodd Duw ei weddi y byddai pawb o wir ffydd a yfai ddŵr y ffynnon yn cael gwireddu eu dymuniad.

Ganrifoedd yn ddiweddarach, ac yn arbennig yn y ddeunawfed ganrif a hanner cyntaf y bedwaredd ganrif ar bymtheg, camddefnyddiwyd y ffynnon, a deuai pobl ati o bell ac agos er mwyn melltithio neu reibio. Dilynent ddefod arbennig. Os am felltithio rhywun, neu rywrai, rhaid oedd ei 'roi yn y ffynnon'. Darllenai'r perchennog, neu'r ceidwad, rannau o'r Beibl, codai ddŵr o'r ffynnon a'i roi i'r dialydd i'w yfed a thaflai'r gweddill drosto. Gwneid hyn deirgwaith tra byddai'r dialydd yn melltithio'r sawl a fynnai yr un pryd. Y cam nesaf oedd ysgrifennu enw'r person a oedd i'w felltithio ar ddarn o bapur, rhoi pin trwyddo a'i daflu i'r dŵr ynghlwm wrth garreg fechan. Dull arall oedd torri enw'r person ar garreg fwy a thaflu honno wedyn i'r dŵr, neu wneud delw o'r person o glai, cŵyr neu does a thaflu'r ddelw hithau i'r dŵr. Bron yn ddieithriad byddai'r perchennog yn ysgrifennu enw'r person oedd i'w felltithio mewn llyfr ac, fel arfer, yn rhoi pin trwyddo. Teflid hefyd gyrcs i'r dŵr wedi'u gwanu â phinnau.

Cyn hir byddai'r sawl a reibiwyd yn dod i wybod am y felltith, a brysiai at y ffynnon i ddileu ei enw o'r llyfr. Darllenai ddwy salm, neu fe'u darllenid hwy iddo. Yna cerddai o gwmpas y ffynnon dair gwaith gan ddarllen rhannau o'r Beibl eto. Os oedd ei enw ar garreg, neu os oedd delw ohono yn y dŵr, sychid y ffynnon a rhoi'r garreg, neu'r ddelw, iddo. Talai yntau i'r perchennog. Ar ôl mynd adref yr oedd yn rhaid iddo ddarllen rhannau helaeth o'r Beibl drachefn – o Lyfr Job a'r Salmau yn arbennig – ac weithiau am dri dydd Gwener yn olynol.

Enillai perchnogion y ffynnon lawer o arian oherwydd ofergoel y bobl. Dywedir i Sara Huws ennill cymaint â £300 y flwyddyn. Bu'r ffynnon am gyfnod yn eiddo teulu Holland, Cefn y Ffynnon, cyn ei throsglwyddo i ofal yr enwocaf o'r perchnogion, sef yr hynod John Evans, neu 'Jac Ffynnon Eilian' fel yr adwaenid ef. Pibellodd ef y ffynnon i'w ardd ac adroddir llawer o hanesion amdano. Carcharwyd ef yn 1831 am dderbyn arian yn anghyfreithlon drwy gyfrwng y ffynnon. Yn ddiweddarach, ar ôl tröedigaeth grefyddol, cyffesodd y twyll i gyd. Bu farw Jac yn 1854, ac ar ôl ei gyfnod ef daeth terfyn ar gamddefnyddio'r ffynnon, er i'r dywediad 'fel Ffynnon Eilian' barhau'n fyw ar lafar gwlad am flynyddoedd wedyn i ddisgrifio helynt neu derfysg garw.

15
Llanefydd, Sir Ddinbych

Bu plasty hynafol Berain, Llanefydd, sy'n awr yn ffermdy, yn gartref unwaith i un o wragedd mwyaf cyfoethog a dylanwadol Cymru yn ail ran yr unfed ganrif ar bymtheg. Yr oedd yn noddwraig i'r beirdd ac yn nodedig am ei harddwch. Ei henw ydoedd Catrin Tudur (c. 1534/5–91), neu Catrin o Ferain, fel yr adwaenir hi amlaf. Priododd bedair gwaith, ac yr oedd pob un o'r gwŷr yn aelodau o rai o deuluoedd pwysicaf Gogledd Cymru yn Oes Elizabeth y cyntaf. Bu iddi chwech o blant, ac yr oedd ei disgynyddion mor niferus fel y cyfeirir ati'n aml bellach wrth y teitl 'Mam Cymru'.

Flynyddoedd lawer wedi marwolaeth Catrin yn 1591 dechreuwyd cysylltu nifer o chwedlau â hi. Dywedid fod ganddi saith neu wyth o wŷr a'i bod yn eu lladd trwy dywallt plwm poeth i'w clustiau a'u claddu yn y berllan ym Merain. Yn ôl chwedl arall ymosododd Catrin unwaith ar Syr Rhisiart Clwch, ei hail ŵr, mewn ystafell wely ym Merain a adwaenir fel Llofft y Marchog. Chwistrellwyd ei waed ar y mur ac yn ofer, meddir, y ceisiwyd wedyn ddileu'r staen. Cysylltwyd â Chatrin hefyd yr hen stori werin am 'y carwr a ddaeth yn rhy hwyr' (stori a gyhoeddwyd gyntaf yn Saesneg yn y gyfrol gynnar, *A Hundred Merry Tales*, 1526). Yn angladd ei gŵr cyntaf, John Salesbury, Lleweni, Dinbych, dywedir iddi gael ei hebrwng o'r eglwys ym mraich Maurice Wyn, Gwydir, Llanrwst, a ofynnodd iddi a gâi fod yn ail ŵr iddi. Atebodd Catrin yn gwrtais ei bod eisoes wedi addo'r anrhydedd honno i Syr Rhisiart Clwch ar y ffordd i mewn i'r eglwys. Ond addawodd: pe digwyddai'r un anffawd drist i'w hail ŵr y câi Maurice Wyn fod yn drydydd gŵr iddi. Ac felly fu. Bu farw Catrin yn 1591 a chladdwyd hi ym mynwent Eglwys Llanefydd. Goroeswyd hi gan ei phedwerydd gŵr, Edward Thelwal, Plas y Ward, Rhuthun.

Seiliwyd y darlun a gyhoeddir yn y llyfr hwn ar bortread a wnaed o Catrin yn 1568 gan arlunydd o'r Iseldiroedd (Adriaen van Cronenburgh?) pan oedd hi a Syr Rhisiart Clwch yn byw yn Antwerp. Y mae'r portread olew ohoni yng nghasgliad yr Amgueddfa Genedlaethol. Yn ei llaw dde y mae'n dal y Llyfr Gweddi Gyffredin (?). Arferid credu gan rai mai blwch bychan ydyw. Credai eraill fod darn o wallt Syr Rhisiart Clwch ynddo. Gorffwys y llaw chwith ar benglog ddynol – i'n hatgoffa o freuder bywyd (*memento mori*).

16
Treffynnon, Sir y Fflint

Ar yr ochr dde i'r ffordd sy'n arwain o Dreffynnon i gyfeiriad Maes-glas saif Ffynnon Gwenfrewi, ffynnon gysegredig enwocaf Cymru. O'r Canol Oesoedd hyd heddiw daeth pererinion a chleifion o bell ac agos i gael eu bendithio a'u hiacháu yn nŵr oer, croyw a gwyrthiol y ffynnon hon y cyfeirir ati fel un o 'Saith Rhyfeddod Cymru'. Credir bod y dŵr yn arbennig o iachusol at anhwylderau nerfol.

Merch hardd iawn o deulu pendefigaidd oedd Gwenfrewi a drigai yn y seithfed ganrif a'i bryd ar gysegru ei bywyd i wasanaethu Duw. Yn ôl traddodiad, roedd Gwenlo, ei mam, yn chwaer i Sant Beuno, ac ef a'i hyfforddodd yn y Ffydd Gristnogol. Syrthiodd tywysog ifanc nwydwyllt o'r enw Caradog mewn cariad â hi, ond ni fynnai Gwenfrewi wneud dim ag ef. Yn ei ddicter torrodd Caradog ei phen mewn man o'r enw Sychnant, ger Treffynnon. Rholiodd y pen i lawr bryn hyd at gapel Sant Beuno, ac yn yr union fan lle'r oedodd ffrydiodd ffynnon o ddŵr crisial o'r ddaear. Cododd Beuno y pen a'i osod yn ôl ar gorff Gwenfrewi. Daeth hithau'n fyw drachefn, a'r unig ôl ar ei chorff oedd llinell wen gul o gylch ei gwddw.

Yn ddiweddarach adeiladwyd capel i amgylchynu'r ffynnon. Darganfuwyd cerrig cochion gerllaw a dywedir mai staen gwaed Gwenfrewi oedd arnynt.

Arhosodd Gwenfrewi am saith mlynedd yn Nhreffynnon yn cynorthwyo Beuno, ei hewythr. Yna aeth i gwfaint yng Ngwytherin, Clwyd, at Santes Eleri, ac yno y bu farw. Ceir dau ddyddiad yng Nghalendr y Seintiau i gofio Santes Gwenfrewi: 22 Mehefin i goffáu ei merthyrdod dan law Caradog a 3 Tachwedd i goffáu ei hail-farwolaeth.

Pan welodd Beuno yr hyn a wnaeth Caradog dywedir iddo ei felltithio yn y fan a'r lle. Agorodd y ddaear o dan ei draed a'i lyncu. Dywedir hefyd i felltith Duw ddisgyn ar ddisgynyddion

Caradog. Cyfarthent fel cŵn, ac nid oedd modd iddynt gael eu hiacháu oni ymolchent yn nŵr Ffynnon Gwenfrewi, neu ymweld â'i bedd yn Abaty Amwythig lle'r ail-gladdwyd ei gweddillion yn 1138.

17

Rhuthun, Sir Ddinbych

Roedd Huail fab Caw yn arglwydd ar Edeirnion yng Ngogledd Cymru ac yn frawd i Gildas, y mynach a'r hanesydd o'r chweched ganrif, awdur *De Excidio Britanniae* ('Am Ddistryw Prydain'). Roedd Gildas yn hoff o Arthur ac yn ei gydnabod yn frenin Prydain gyfan. Ond nid felly ei dri brawd ar hugain, a'r mwyaf anufudd ohonynt i gyd oedd Huail, y brawd hynaf.

Cyfeirir ato yn chwedl Culhwch ac Olwen yn y Mabinogion yn trywanu ei nai, Gwydre fab Llwydeu, a thrwy hynny yn ennyn llid Arthur. Ym Muchedd Gildas, gan Garadog o Lancarfan, dywedir i Arthur ladd Huail ac ategir yr hanes hwn gan Gerallt Gymro yn ei *Descriptio Kambriae* (*c*. 1194). Ychwanega Gerallt hefyd fod Gildas mor ddig oherwydd y weithred hon fel y bu iddo daflu i'r môr yr holl lyfrau a ysgrifennwyd ganddo yn mawrygu gorchestion Arthur.

Cofnodwyd fersiwn ddiweddarach ar y traddodiad am yr elyniaeth rhwng Arthur a Huail yng Nghronicl Elis Gruffydd, 'Y Milwr o Galais' (*c*. 1490–*c*. 1552). Cymerodd Huail un o gariadon Arthur oddi arno. Aeth y ddau i ymladd a chlwyfwyd Arthur yn ei ben-glin. Cytunodd Arthur i faddau i Huail ar yr amod na fyddai byth wedyn yn edliw'r clwyf iddo. Yn fuan ar ôl hyn gadawodd Arthur ei lys yng Nghaerwys wedi ymwisgo fel merch rhag i neb ei adnabod ac aeth i Ruthun i weld ei gariad. Roedd y ddau yn dawnsio ac adnabu Huail ef oherwydd ei gloffni ac meddai wrtho: 'Byddet yn dawnsio'n dda oni bai am dy ben-glin gloff'. Oherwydd y sylw hwn torrodd Arthur ben Huail ar garreg fawr a alwyd wedi hynny yn Faen Huail. Fe'i cedwir yn ofalus hyd y dydd heddiw ar sgwâr Sant Pedr, Rhuthun.

18 MYNYDD HIRAETHOG

18
Mynydd Hiraethog, Sir Ddinbych

Roedd Sioned, merch Foty Tai Canol, Hafod Elwy, Mynydd Hiraethog, a Ffowc Owen, mab Tan y Graig, Hafod Elwy, yn gariadon. Ond credai teulu Ffowc Owen nad oedd Sioned (a oedd yn forwyn yn Nhai Ucha gerllaw) yn ddigon 'uchel-radd' i briodi mab fferm. Ar gyngor ei rieni, felly, priododd Ffowc Owen â merch arall ac aethant i fyw i Dy'n Gors, y fferm agosaf at Tai Ucha.

Roedd yn saer ardderchog, ac un diwrnod yn ystod gaeaf 1772 aeth i bentref Nantglyn i ymofyn coed i wneud dodrefn. Ond wrth ddychwelyd daeth yn storm fawr o eira a bu farw o fewn dau gae i'w gartref newydd. Am dair wythnos bu'r cymdogion yn chwilio amdano, ond yn ofer.

Fodd bynnag, ar derfyn yr amser hwnnw breuddwydiodd Sioned yr un freuddwyd dair noson yn olynol. Gwelai Ffowc Owen yn torri gwair ar un o'r rhosydd ger Ty'n Gors ac yn mynd i orffwys bob canol dydd wrth y clawdd mynydd rhag yr haul. Wedi iddi freuddwydio y drydedd waith datgelodd gynnwys y freuddwyd wrth ei meistres. Aeth y cymdogion ati ar unwaith i chwilio am Ffowc Owen yn yr eira a chawsant hyd i'w gorff wedi rhewi yn yr union fan lle dywedodd Sioned iddi ei weld, a'i gap yn gorchuddio'i wyneb. Roedd ei sachaid o goed eisoes wedi'i darganfod ar y bont sy'n croesi Afon Brenig.

Codwyd carnedd o gerrig callestr gwynion yn y fan lle darganfuwyd corff Ffowc Owen. Bellach mae'r garnedd bron wedi'i hamgylchynu gan goed y Comisiwn Coedwigo, ond mae un neu ddau o'r trigolion lleol hyd heddiw yn gofalu bod y garnedd o gerrig gwynion yn daclus a glân.

19

Valle Crucis, Sir Ddinbych

Sefydlwyd Abaty Valle Crucis, neu Glyn y Groes (a adwaenir hefyd wrth yr enw Glynegwestl), gan yr Urdd Sistersaidd yn 1201. Saif ar lan Afon Eglwyseg yn Nyffryn Llangollen. Hyd at y flwyddyn 1536, pan ddiddymwyd yr abaty, bu'n ganolfan dysg a diwylliant ac yn hael ei nawdd i feirdd megis Guto'r Glyn a Lewys Môn.

Ceir chwedl sy'n adrodd hanes y modd y cyfarfu un o abadau Glyn y Groes ag Owain Glyndŵr (*c.* 1354–*c.* 1416), Tywysog Cymru ac arwr cenedlaethol. Yr oedd gan Owain ddau gartref heb fod nepell o Langollen, un yng Ngharrog ac un yn Sycharth, ger Llansilin, yn agos i'r ffin rhwng Cymru a Lloegr. O'r flwyddyn 1400 ymlaen cydnabyddid Owain gan y Cymry fel eu harweinydd digamsyniol yn eu brwydr yn erbyn goruchafiaeth y Saeson. Erbyn 1406, fodd bynnag, roedd grym milwrol Lloegr ar gynnydd a daeth terfyn llwyr ar y gwrthryfel Cymreig erbyn y flwyddyn 1413. Does dim yn wybyddus o hanes Owain wedi'r cyfnod hwn. Ni wyddom i sicrwydd hyd yn oed y man, yr adeg, na'r modd y bu farw. Ond nis bradychwyd gan neb, a bu ei enw byth wedyn yn ysbrydoliaeth i'r Cymry.

Dywed un traddodiad ei fod, fel y Brenin Arthur, yn dal yn fyw ac y bydd yn dychwelyd eto ryw ddydd i arwain ei bobl i ryddid. Y mae chwedl, a gofnodwyd gan Elis Gruffydd, 'Y Milwr o Galais', yn adrodd hanes Abad Glyn y Groes yn cyfarfod, yn gynnar un bore, ag Owain Glyndŵr a gerddai ar ei ben ei hun ar lechweddau Mynydd y Berwyn. 'Rydych wedi codi'n gynnar iawn, f'arglwydd Abad', meddai'r Tywysog wrtho. 'Naddo wir, f'arglwydd Owain', atebodd yr Abad, 'chi sydd wedi codi'n gynnar – yn rhy gynnar o gan mlynedd.' Wedi clywed hyn cerddodd Owain rhagddo a diflannodd yn niwl y bore.

19 VALLE CRUCIS

20
Llangar, Sir Feirionnydd

Saif Eglwys hanesyddol Llangar tua milltir o dref Corwen a milltir o bentref Cynwyd. Yn ôl traddodiad lleol adnabyddus gwnaed ymgais i adeiladu eglwys gyntaf wrth Fryn Berllan, ar fryncyn bychan ger y fan y mae'r bont ym mhentref Cynwyd heddiw yn croesi Afon Dyfrdwy. Ond er mor brysur y byddai'r adeiladwyr yn ystod y dydd, difethid eu gwaith yn llwyr yn ystod y nos. Gan bwy, neu gan beth, ni wyddai neb. Aed i ymgynghori â dyn hysbys. 'Nid yw Duw yn fodlon i chi adeiladu eglwys yn y fan yma,' meddai, 'rhaid ichi fynd i hela'r Carw Gwyn, a ble bynnag y codwch y Carw Gwyn, yno yr ydych i adeiladu'r eglwys.'

A dyna a wnaed. Codwyd y carw yn yr union fan lle saif Eglwys yr Holl Saint, Llangar heddiw. Dywedir mai hen enw'r eglwys oedd Llan-garw-gwyn. Troes yr enw hwnnw ar lafar, meddir, yn Llan-garw ac yna'n Llangar. Ceir rhigwm lleol sy'n cofnodi hanes hela'r carw ac, ar yr un pryd, yn ymgais i egluro nifer o enwau lleoedd yn y cylch:

> *Yn Llangar codwyd;*
> *Ym Moel Lladdfa lladdwyd;*
> *Ym Mronguddio cuddiwyd:*
> *Yn y Bedren pydrwyd.*

Adroddir chwedlau lleol tebyg i'r uchod am sawl eglwys arall yng Nghymru. Eu hamcan penodol yw egluro lleoliad presennol yr eglwys neu, ar adegau, ystyr enw sy'n gysylltiedig â'r eglwys. (Y mae'r elfen onomastig yn amlwg iawn ynddynt ond, fel arfer, nid oes sail ieithyddol o gwbl i'r esboniad a gynigir ar yr enw.) Prif swyddogaeth y chwedlau, fodd bynnag, yw pwysleisio buddugoliaeth y da ar y drwg. Yr ysbryd drwg, neu'r Diafol, sy'n rhwystr i adeiladu'r eglwys, ond y mae'r Carw Gwyn yn symbol o burdeb a daioni buddugoliaethus Duw.

21
Llyn Tegid, Sir Feirionnydd

Yr oedd unwaith dywysog creulon iawn a oedd yn peri braw a dychryn i'w ddeiliaid. Tegid Foel oedd ei enw ac yr oedd yn byw yn hen dref Y Bala. (Gweler hefyd eitem 27.) Un diwrnod clywodd lais yn dweud: 'Dial a ddaw, dial a ddaw.' Clywodd ef droeon wedi hynny, ond bob tro chwerthin yn wawdlyd a wnâi ef ac anwybyddu'r bygythiad. Un noson roedd dathlu mawr yn y palas ar ddyfodiad plentyn cyntaf-anedig mab y Tywysog a gwahoddwyd llanc tlawd o delynor i'r wledd i ddiddanu. Am hanner nos yn ystod seibiant clywodd y telynor lais yn sibrwd yn ei glust: 'Dial a ddaeth, dial a ddaeth.' Yna gwelodd aderyn bychan yn ei gymell i adael y palas a'i ddilyn tua'r bryniau. A dyna a wnaeth. Gorffwysodd tan y bore. Ond ar doriad y wawr ni allai weld gymaint â charreg o hen dref Y Bala, dim ond un llyn mawr a'i delyn yn nofio ar wyneb y dŵr.

Yn ôl chwedl gynharach a llai cyfarwydd ffurfiwyd y llyn pan anghofiodd y sawl a oedd yn gwarchod Ffynnon Gywer un noson ailosod y caead. (Y mae Llangywer heddiw yn enw ar bentref a phlwyf ger y Llyn.)

Ceir rhigwm lleol poblogaidd sy'n proffwydo y bydd i dref bresennol Y Bala hithau gael ei boddi ryw ddydd, fel yr hen un, ac y bydd i'r dyfroedd ymestyn cyn belled â phentref Llanfor. (Dywedir ar lafar gwlad mai ystyr yr enw Llanfor yw Llan + môr.)

> *Y Bala aeth a'r Bala aiff,*
> *A Llanfor aiff yn llyn.*

Chwedl leol arall a gysylltir â Llyn Tegid yw'r un am 'Charles y Telynor', o'r ddeunawfed ganrif. Gŵr o Blwyf Llanycil oedd ef a'r gred, yn arbennig ymysg crefyddwyr, oedd iddo werthu'i enaid i'r Diafol drwy roi bara'r Cymun i'r cŵn i'w fwyta. Gwnâi bopeth a allai i wawdio a rhwystro gwaith yr Anghydffurfwyr cynnar. Dywedir, er enghraifft, i Howel Harris brofi peth o'i lid mewn anterliwt. Ar ei ffordd adref yn hwyr un noson gyda'i delyn ar ôl bod yn diddanu mewn noson lawen yn ffermdy Fach Ddeiliog boddodd yn Llyn Tegid a chododd cwmwl o fwg uwchben yr union fan lle suddodd.

22 PENNANT MELANGELL

22
Pennant Melangell, Sir Drefaldwyn

Un diwrnod yr oedd Brochwel Ysgythrog, tywysog o Bowys yn y chweched ganrif, yn hela yn ardal Pennant, rhwng Mynydd y Berwyn a llyn presennol Efyrnwy, ym Maldwyn. Cododd ysgyfarnog ac aeth hithau i lochesu o dan fantell y ferch ieuanc harddaf a welsai. Dro ar ôl tro anogodd y Tywysog ei helgwn i ddal yr ysgyfarnog, ond ni feiddient fynd yn agos ati. Erfyniodd y ferch ieuanc hithau ar i'r Tywysog arbed bywyd y sgwarnog fach. Cododd un o'r helwyr ei gorn gan fwriadu galw'r helgwn eilwaith, ond ni ddeuai nodyn allan ohono, a glynodd y corn wrth ei wefusau. Wedi'i synnu gan y digwyddiadau rhyfeddol hyn, holodd Brochwel pwy ydoedd y ferch ieuanc. Atebodd hithau gan ddweud mai Melangell (Monacella) oedd ei henw. Diangasai o Iwerddon rhag gorfod priodi tywysog Gwyddelig o'i hanfodd a daethai i Gymru er mwyn gallu addoli Duw yn heddwch a phrydferthwch ardal Pennant. Sylweddolodd y Tywysog yn awr ei fod yng nghwmni person sanctaidd iawn. Rhoes ddarn o dir iddi adeiladu capel arno, ac yno yr arhosodd hithau am weddill ei hoes yn gwasanaethu Duw.

Portreadwyd chwedl Melangell mewn cerfiadau coed ar sgrîn yr eglwys Normanaidd hardd sydd ym Mhennant Melangell heddiw. Dywedir hefyd fod ei gwely carreg a'i bedd yn agos i'r eglwys. Daeth Melangell yn nawddsant ysgyfarnogod, ac ym Mhennant a'r cylch hyd y dydd hwn gelwir ysgyfarnogod ar adegau yn 'ŵyn bach Melangell'. Credid hefyd unwaith ei bod yn anlwcus i ladd ysgyfarnogod.

23

Mawddwy, Sir Feirionnydd

Haid o herwyr oedd Gwylliaid Cochion Mawddwy yn peri braw a dychryn i drigolion ardaloedd cylch Dinas Mawddwy a Mallwyd yn y bymthegfed a'r unfed ganrif ar bymtheg. Hyd at y bedwaredd ganrif ar bymtheg roedd llafnau pladuriau yn simneiau rhai o hen dai y cylch wedi'u gosod yno, yn ôl y sôn, ganrifoedd yn gynt i ddiogelu'r teuluoedd rhag y Gwylliaid. Ganol yr unfed ganrif ar bymtheg daliwyd llawer ohonynt. Yn ôl un traddodiad dedfrydodd y Barwn Lewis Owen (Uchel Siryf Meirionnydd, 1554–5) dros bedwar ugain ohonynt i farw nos cyn Nadolig 1554 mewn man ger tŷ o'r enw Collfryn ('bryn y golled'). Claddwyd hwy ar dir a elwir hyd heddiw yn Rhos Goch ('coch gan waed'), tua dwy filltir i'r dwyrain o bentref Mallwyd.

Dywed traddodiad arall i fam dau o'r Gwylliaid erfyn yn ofer ar y Barwn Owen i arbed bywyd o leiaf ei mab ieuengaf. Yna, gan ddinoethi ei bronnau, melltithiodd y Barwn gan ddweud: 'Mae'r bronnau hyn wedi magu bechgyn eraill a fydd yn golchi'u dwylo yng ngwaed dy galon.' Yn 1555, ymhen llai na blwyddyn, llofruddiwyd Lewis Owen gan y Gwylliaid yn Nugoed Mawddwy mewn man ger Collfryn a adwaenwyd fyth wedyn wrth yr enw Llidiart y Barwn. (Yr oedd ar ei ffordd adref i Ddolgellau o frawdlys Y Trallwng.) Ceir un traddodiad sy'n sôn i'r Gwylliaid, wedi iddynt gofio am felltith eu mam, droi yn eu holau a mynd at y corff er mwyn ymolchi'u dwylo yng ngwaed ei galon.

Ymhlith y mannau niferus eraill ym Mawddwy a gysylltir ar lafar gwlad â hanes y Gwylliaid gellir enwi ffermydd yng Nghwm Dugoed, Mynwent y Gwylliaid, Pont y Lladron, Sarn y Gwylliaid, Ffynnon y Gwylliaid a Cheunant y Gwylliaid.

Credir i'r holl wŷr a berthynai i'r Gwylliaid gael eu dienyddio yn dilyn llofruddiaeth y

Barwn Owen. Ac eto, yn rhannau o Feirionnydd a Maldwyn hyd heddiw cyfeirir yn ysgafn weithiau at bersonau a gwallt coch ganddynt fel disgynyddion Gwylliaid Cochion Mawddwy.

24 NANNAU

24

Nannau, Sir Feirionnydd

Am ganrifoedd bu Nannau, ger Dolgellau, Meirionnydd, yn gartref i hen deulu bonheddig yr honnent eu bod yn disgyn o dywysogion Powys drwy Ynyr Hen. Roedd Nannau (a Nanney) hefyd yn gyfenw i'r teulu ar un adeg, ond troes yn Vaughan yn y ddeunawfed ganrif trwy briodas Sioned Nanney a Robert Vaughan o'r Hengwrt. Bu'r teulu yn noddi beirdd ac yn chwarae rhan bwysig ym mywyd gwleidyddol Meirionnydd.

Arglwydd Nannau ddechrau'r bymthegfed ganrif oedd Hywel Sele. Yn ôl traddodiad yr oedd yn gefnder i Owain Glyndŵr, ond nid oedd y ddau yn gyfeillion. Ceisiodd un o abadau Abaty'r Cymer eu cymodi a gwahoddwyd Owain i Nannau.

Roeddynt yn hela ceirw un diwrnod, ond yn sydyn a diarwybod anelodd Hywel ei saeth yn union at galon Owain Glyndŵr. Achubwyd ei fywyd gan yr arfwisg o dan ei ddillad. Aeth y ddau i ymladd a lladdwyd Hywel gan Owain. Cuddiodd ei gorff mewn hen dderwen gau ar dir Nannau a bu yno am amser maith. Galwyd y pren byth wedyn yn Geubren yr Ellyll.

25

Egryn, Sir Feirionnydd

Yng ngwres diwygiadau crefyddol, megis Diwygiad 1904–5 yng Nghymru, tystiodd llawer o bobl iddynt weld goleuni rhyfedd yn yr awyr a chlywed sŵn hyfryd canu emynau. Doedd unman yng Nghymru, fodd bynnag, yn fwy nodedig am y ffenomen baranormal hon na phentref bychan Egryn ar y ffordd rhwng Harlech a Bermo yn Nyffryn Ardudwy yn ystod y flwyddyn 1905.

Canolbwynt yr holl sylw oedd Capel bach Egryn ac un o'i aelodau, gwraig bymtheg ar hugain mlwydd oed a thueddiadau seicig amlwg ganddi, o'r enw Mrs Mary Jones a oedd yn byw yn Is-law'r Ffordd, ffermdy cyfagos. Yn sgil cyffroadau cychwynnol y Diwygiad yn Ne Cymru, ac yn arbennig o dan ddylanwad pregethu ysbrydoledig Evan Roberts, cafodd hithau dröedigaeth ddramatig. Yn fuan wedi dychwelyd i'r Gogledd dechreuodd gael profiadau goruwchnaturiol yn aml. Gwelai oleuadau symudol a derbyniai negeseuon oddi wrth 'y Gwaredwr yn y cnawd'. Credai hefyd iddi gael ei dewis gan Dduw yn llawforwyn i ledaenu'r Diwygiad ym Meirionnydd.

Dechreuodd gynnal gwasanaethau bob nos yng Nghapel Egryn. Daeth yn enwog am ei phregethu proffwydol, ac yn fuan iawn tyrrai pobl o bell ac agos, gan gynnwys gohebwyr papurau newyddion, i wrando arni, ac yn arbennig i dystio i'r goleuadau rhyfedd a ymddangosai uwchben y capel a thu mewn iddo pryd bynnag y byddai hi yno'n gweinidogaethu. Byddai'r goleuadau yn ymddangos, fel arfer, ar ffurf bwa disglair, tebyg i'r *aurora borealis*, gydag un pen yn gorffwys yn y môr a'r llall ar fryncyn tua milltir yn bellach draw. Yn fuan wedyn fe welid 'seren' a lanwai'r capel â goleuni ysgafn. Un tro roedd trên yn teithio'n araf heibio Capel Pen-sarn lle roedd Mrs Jones yn pregethu ar y pryd. Gwelodd y gyrrwr (gŵr o Fachynlleth) oleuadau rhyfedd yn saethu i'r awyr o ddeg cyfeiriad gwahanol ac yna'n dod at ei gilydd gyda chlec. Yn aml iawn fe welid 'seren' Mrs Jones yn hofran uwchben tŷ arbennig yn yr ardal ac yr oedd hyn yn arwydd, fel arfer, y byddai i un neu ragor o aelodau'r teulu gael tröedigaeth yn fuan.

Fel y bu i wres y Diwygiad oeri'n raddol, felly hefyd y darfu am oleuadau rhyfedd Egryn. Ni welodd neb mohonynt byth wedyn.

26

Aberdyfi, Sir Feirionnydd

Yn yr ucheldir uwchben Aberdyfi y mae llyn mynyddig o'r enw Llyn Barfog. Honnir, yn ôl un traddodiad, mai dyma'r llyn y cyfeirir ato yn Y Trioedd fel Llyn Llion. Daeth yr Afanc i drigo ynddo a gorlifodd y llyn gan achosi dilyw mawr. Rhwystrwyd i'r drychineb ddigwydd eilwaith pan lwyddodd Hu Gadarn, gyda chymorth yr Ychen Bannog, i lusgo'r anghenfil o'r llyn.

Ceir traddodiad pellach sy'n cysylltu Llyn Barfog â chartref Gwyn ap Nudd, Brenin y Tylwyth Teg ac Arglwydd Annwfn, y byd tanddaearol. Ar un adeg roedd Gwragedd Annwfn i'w gweld ar lannau'r llyn yn eu gwisgoedd gwyrddion ac yng nghwmni buches o wartheg urddasol gwyn a roddai laeth hufennog diderfyn.

Adroddir chwedl leol boblogaidd am amaethwr yn y cyffiniau a fu'n ddigon ffodus i feddu un o'r gwartheg rhyfeddol hyn. Yr enw arni oedd Y Fuwch Gyfeiliorn. (Enwau eraill ar y fuwch hon mewn chwedlau cyffelyb a gysylltir â nifer o lynnoedd yng Nghymru a gwledydd tramor yw Buwch y Tylwyth Teg, Y Fuwch Gyfriniol, Y Fuwch Lwyd-ddu, Y Fuwch Sanctaidd a'r Fuwch Laethwen-Lefrith.) Yn fuan iawn daeth y fuwch yn destun siarad yr holl gymdogaeth. Doedd neb erioed wedi gweld y fath laeth, y fath loeau a'r fath fuches fendigedig. Aeth y ffermwr yn gyfoethog iawn. Ond yn ei gyfoeth aeth hefyd yn falch ac anghofiodd ei ddyletswydd tuag at Y Fuwch Gyfeiliorn. Ofnai y byddai'r fuwch gyda hyn yn mynd yn rhy hen ac yn amhroffidiol iddo. Felly, fe'i tewhaodd yn barod i'r cigydd. A dyma ddiwrnod y lladd yn cyrraedd. Roedd holl amaethwyr y cylch wedi dod yno i weld y fuwch ryfeddol a oedd bellach yn eithriadol o dew. Ond pan oedd y cigydd wedi codi'i fraich ac ar fin ei thrywanu, fe'i parlyswyd a disgynnodd y gyllell o'i law. Y funud honno dyma floedd uchel a gwraig mewn gwisg wyrdd-olau yn ymddangos ger Llyn Barfog ac yn galw mewn llais clir:

Dere di, Felen Eirion,
Cyrn Cyfeiliorn, Braith y Llyn,
A'r Foel Dodin,
Codwch, dewch adre.

Ac ar ei hunion dyma'r Fuwch Gyfeiliorn a'i holl ddisgynyddion, hyd at y drydedd a'r bedwaredd genhedlaeth, yn gadael y fferm ac yn diflannu am byth i'r llyn.

27
Tre Taliesin, Ceredigion

Y mae Tre Taliesin (a adwaenid gynt wrth yr enw Comins y Dafarn Fach) yn bentref oddeutu hanner y ffordd rhwng Machynlleth ac Aberystwyth. Cafodd yr enw presennol yn nauddegau'r bedwaredd ganrif ar bymtheg oherwydd ei gyswllt honedig â Thaliesin, y bardd llys o'r chweched ganrif. Honnir mai Bedd Taliesin yw'r un o dan dwr o gerrig tua milltir i'r dwyrain o'r pentref, wrth ochr ffordd drol sy'n arwain o fferm Pen-sarn-ddu. Daeth yn ffigwr o'r pwys mwyaf mewn mytholeg Geltaidd, ac ym meysydd barddoniaeth a chelfyddyd y mae ei enw yn gyfystyr ag ysbrydoliaeth a pharhad. Er mai brodor o Bowys ydoedd treuliodd ran helaeth o'i fywyd yn ystod ail hanner y chweched ganrif yn yr Hen Ogledd (De'r Alban a Gogledd Lloegr) a chanodd gerddi mawl i Urien a'i fab Owain, tywysogion Rheged, sef siroedd Wigtown a Kirkcudbright heddiw. (Ei farddoniaeth ef ac Aneirin yw'r gynharaf yn yr iaith Gymraeg.)

Yn ddiweddarach tadogwyd ar Daliesin gorff helaeth o gerddi proffwydol, chwedlonol a chrefyddol (a ysgrifennwyd yn bennaf yn y nawfed a'r ddegfed ganrif) a'u cofnodi yn *Llyfr Taliesin* (*c.* 1275). Erbyn hynny yr oedd chwedl arbennig o ddiddorol wedi tyfu o'i gylch a honno, bid siŵr, yn rhan bwysig o gynhysgaeth y storïwr yn yr Oesoedd Canol. Y mae'n eglruo'n fyw iawn amgylchiadau ei eni a ffynhonnell ei alluoedd dewinol.

Yr oedd gan Tegid Foel (gweler eitem 21) wraig o'r enw Ceridwen. Gwrach ydoedd a chanddi'r mab hyllaf yn y byd o'r enw Morfran. Roedd mor ddu fel y'i gelwid hefyd yn Afagddu. Am ddiwrnod a blwyddyn aeth Ceridwen ati i ferwi llond crochan o lysiau rhinweddol. Ar derfyn y cyfnod roedd Morfran i lyncu'r tri diferyn olaf, a thrwy hynny câi feddiant ar bob gallu, gwybodaeth a harddwch. Llyncwyd y tri diferyn, fodd bynnag, yn ddamweiniol gan lanc o'r enw Gwion Bach. Ffodd hwnnw am ei fywyd rhag llid Ceridwen a throi'i hun yn ysgyfarnog.

Ymrithiodd y wrach yn filiast a'i erlid. Trodd Gwion ei hun wedyn yn bysgodyn a neidio i'r dŵr. Aeth hithau ar ei ôl fel dyfrast. Yna dyma Gwion yn troi'n aderyn a'r wrach yn hebog. A'r diwedd fu i Gwion droi'n ronyn o wenith ac i Geridwen droi yn iâr a'i lyncu. Ymhen naw mis ganwyd iddi fab, ond yr oedd mor dlws fel na allai yn ei byw ei ddinistrio, felly gwnïodd ef mewn cod o groen a'i daflu i'r môr mewn cwrwgl.

Canfuwyd y god o groen ar nos Galan Mai gan Elffin, ger Cored Wyddno, ar ochrau Cors Fochno, yn agos i'r fan lle mae pentref Y Borth heddiw. Gan ryfeddu at ei dalcen hardd (tal iesin), galwodd y baban yn Daliesin. Mab Gwyddno Garanhir, Brenin Maes Gwyddno, neu Gantre'r Gwaelod, oedd Elffin. Yno y maged Taliesin, a phan foddwyd y Cantref dihangodd yn fyw. (Gweler eitem 34.)

28

Dylife, Sir Drefaldwyn

Pentref bychan, tawel iawn yw Dylife bellach, yn agos i Lyn Clywedog, ond bu yno gynt brysurdeb mawr pan oedd y gwaith mwyn yn ei anterth. Ac â'r gwaith mwyn yn Nylife y cysylltir un o'r llofruddiaethau mwyaf erchyll yn hanes Cymru.

Rywdro ddechrau'r ddeunawfed ganrif daeth gŵr o'r enw John Jones, 'Siôn y Gof', o sir Aberteifi, fe dybir, i weithio yn Nylife. Yn ddiweddarach daeth ei wraig, Catherine David (o Lanfihangel-y-Creuddyn?) a'i dau blentyn, Thomas Lloyd ac Avarina Lloyd, i Ddylife i'w weld, neu gan fwriadu symud yno i fyw. Ond bu helynt. Taflodd y gof ei deulu cyfan i lawr un o'r pyllau mwyn am dri o'r gloch y prynhawn ar 23 Hydref (1719?). Ni chafwyd hyd iddynt tan 9 Ionawr (1720?). Roedd Siôn yn caru â morwyn o gylch Dylife adeg y llofruddiaeth, a phan ofynnwyd iddo paham y cyflawnodd y fath anfadwaith, dywedir iddo ateb: 'Oherwydd rhyw ddynes arall a'r Diafol.' Yn ôl un traddodiad taflodd ei deulu i'r pwll oherwydd ei fod yn credu bod diwedd y byd ar ddod. Ceir traddodiad hefyd fod un o'r plant cyn marw wedi 'bwyta bron ei fam'.

Crogwyd Siôn y Gof yn agos i'r pwll ar ben bryn a alwyd wedi hynny yn Ben y Grocbren. Shibedwyd ei gorff. Hynny yw, fe'i gosodwyd mewn ffrâm haearn a'i adael allan yn y tywydd i bydru yng ngŵydd pobl. Yn 1938 darganfuwyd ei benglog a'r ffrâm haearn oedd amdani. Fe'i cedwir yn awr yn Amgueddfa Werin Cymru, Sain Ffagan.

Cyfansoddwyd baledi ar achlysur y llofruddiaeth ac y mae rhai llinellau o'r cerddi hynny yn fyw ar lafar hyd heddiw ac yn arbennig y llinellau:

> *Siôn y Gof ar gaseg wine*
> *Aeth i'w grogi ar ben Dylife.*

Sonnir yn yr ardal hefyd am 'Lyn Siôn y Gof' yn Afon Clywedog, darn o 'wely Siôn y Gof', 'Ysbryd Siôn y Gof' (dyn heb ddim pen), ac 'Ysbryd Gwraig Siôn y Gof'.

29

Llanllwchaearn, Sir Drefaldwyn

Perchennog fferm Ysgafell, ym mhlwyf Llanllwchaearn, ger Y Drenewydd, ydoedd Henry Williams (1624–84). Daeth yn un o ddilynwyr yr arweinydd Piwritanaidd mawr, Vavasor Powell (1617–70) ac, fel yn achos cymaint o'r Anghydffurfwyr cynnar, dioddefodd erledigaeth drom. Ymosodwyd arno unwaith pan oedd yn pregethu a'i adael ar fin marw. Yn dilyn Adferiad y Frenhiniaeth yn 1660 treuliodd gyfnod o naw mlynedd yn y carchar. Yn ystod y cyfnod hwn dinistriwyd a lladratwyd dodrefn ei dŷ a'i anifeiliaid a llosgwyd ei gartref yn ulw.

Yna pan oedd y teulu wedi colli popeth ac ar fin marw o newyn dyna pryd, yn ôl yr hanes, y daeth ffawd i'r adwy. Roedd gwenith wedi'i hau yn un o'r caeau ger y tŷ a thyfodd yn gnwd mor rhyfeddol nes synnu'r holl wlad. O'r adeg hynny daeth terfyn ar dlodi Henry Williams a'i deulu. Dywedir i amryw o'r lladron a fu'n dwyn ei eiddo farw'n sydyn; daeth ofn mawr ar ei erlidwyr a chafodd fyw weddill ei oes mewn heddwch.

Gelwir y cae lle tyfodd y gwenith rhyfeddol hyd heddiw yn Gae'r Fendith. Dywedir i ddwy glust o'r gwenith hwn (a berthyn i'r math *rivet*) gael eu diogelu'n ofalus gan y teulu o genhedlaeth i genhedlaeth. Cedwir hwy bellach yn Amgueddfa Werin Cymru.

30
TREFALDWYN

30
Trefaldwyn, Sir Drefaldwyn

Tua'r flwyddyn 1819 penododd gweddw ariannog Jâms Morris, Oakfield, ger Trefaldwyn, ddyn o'r enw John Newton i ofalu am y fferm. Yr oedd yn weithiwr rhagorol, a chyn pen dim roedd y fferm yn llwyddo'n ardderchog o dan ei ofal. Fodd bynnag, drwy ddod yn gyfeillgar â merch Mrs Morris enynnodd yn anfwriadol ddicter dau ddyn. Roedd un ohonynt, Robert Parker, eisiau'r fferm iddo ef ei hun. Roedd y llall, Tomos Pyrs, eisiau priodi'r ferch.

Un diwrnod ym mis Tachwedd 1821 roedd y gwas wedi mynd i'r Trallwng ac wedi oedi yno braidd yn hir cyn cychwyn am adref. Y noson honno cyflawnodd Parker a Phyrs ladrad a rhoi'r bai ar gam ar John Newton. Bu o flaen ei well ac fe'i condemniwyd i farw. Cyn cael ei grogi melltithiodd ei gyhuddwyr a thyngodd na fyddai dim yn tyfu ar ei fedd am o leiaf un genhedlaeth fel prawf ei fod yn ddieuog.

Ymhen deng mlynedd ar hugain wedi hynny roedd 'Bedd y Lleidr' ym Mynwent Eglwys Trefaldwyn yn foel. Yn fuan wedi'r crogi troes Tomos Pyrs yn feddwyn ac fe'i lladdwyd mewn ffrwydrad yn y chwarel. Gwaelodd Robert Parker a bu yntau farw. Credid hefyd ei bod yn beryglus i geisio tyfu blodau neu blanhigion ar y bedd. Ceisiodd un dyn unwaith dyfu pren rhosyn a bu'r dyn hwnnw farw'n fuan wedyn.

31

Llangurig, Sir Drefaldwyn

Yn ystod y cyfnod tua 1860–1940 yr oedd teulu o ddynion hysbys enwocaf Cymru ar y pryd yn byw yn Llangurig a'r cyffiniau. Y 'dyn hysbys' yw'r enw mwyaf cyffredin yng Nghymru ar berson a geid mewn sawl ardal gynt a feddai ar allu honedig i ddadreibio neu ddadwitsio. Gelwid ef hefyd ar adegau yn 'gonsuriwr' ('consherwr' a 'cynjyrar' ar lafar), 'swynwr' a 'dewin'. Yn fras yr oedd tri math o ddynion hysbys: gwŷr eglwysig, megis Edmwnd Prys; gwŷr hyddysg mewn meddygaeth a'r gelfyddyd ddu a ddysgodd eu crefft o lyfrau (yr enwocaf ohonynt hwy ydoedd John Harries, Cwrtycadno); a gwŷr a etifeddodd eu gallu drwy berthyn i deulu arbennig a thrwy ddarllen llyfrau.

Gelwid y dyn hysbys wrth yr enw hwn oherwydd y gred ei fod yn gwybod yr anwybod ac yn gallu gwneud yr anhysbys yn hysbys. Yr oedd, fel arfer, yn ŵr craff, hyddysg mewn llyfrau, ond ar adegau manteisiai hefyd ar ofn, anwybodaeth ac ofergoeliaeth pobl. Ei brif weithgarwch oedd gwella a diogelu anifeiliaid ac weithiau bobl; cynorthwyo pan fyddai fferm yn methu â chorddi; darganfod arian neu anifeiliaid coll; a darostwng ysbrydion drwg (gwŷr eglwysig, gan amlaf, a gysylltid â'r gweithgarwch hwn). Gallu i reibio yn unig oedd gan y wrach. Credid fod gan y dyn hysbys allu i reibio a dadreibio, er mai â dadreibio y cysylltir ei weithgarwch yn bennaf.

Y ddau aelod enwocaf o deulu dynion hysbys cylch Llangurig ydoedd Evan Griffiths, Pant-y-benni, Llangurig, a'i ŵyr Edward Davies, Y Fagwyr Fawr, Ponterwyd. Etifeddu eu gallu drwy berthyn i deulu arbennig a thrwy ddarllen a wnaethant hwy yn bennaf, ond yr oedd dawn neilltuol ganddynt hefyd i drin anifeiliaid. Enillasant enwogrwydd mawr, fodd bynnag, oherwydd i gymaint o bobl o Ganolbarth a Gogledd Cymru fynd atynt i ofyn am swynion, gan gredu bod ganddynt alluoedd goruwchnaturiol i wella a diogelu anifeiliaid. Yn gyfnewid am dâl ariannol penodedig ysgrifennai'r dyn hysbys ei swyn ar ddarn o bapur mewn llawysgrifen flêr ac yn gymysgedd o Saesneg, Lladin a Chymraeg. Cynhwysai'r swyn weddi neu fendith er mwyn dadreibio anifeiliaid yr amaethwr, neu i'w diogelu rhag cael eu rheibio; yr abracadabra; a rhai o arwyddion y sidydd neu'r sodiac. Gosodid y papur wedyn yn ofalus mewn potel fechan wydr a elwid yn 'Botel y Dyn Hysbys'. Yr oedd y ffermwr i'w chuddio'n ofalus yn yr adeilad lle cedwid yr anifeiliaid, ac nid oedd wiw i neb agor y corcyn gan y credid fod yr ysbryd drwg a flinai'r anifeiliaid wedi'i gau am byth yn y botel.

Ceir enghreifftiau o swynion dynion hysbys Llangurig ar gadw yn Llyfrgell Genedlaethol Cymru ac Amgueddfa Werin Cymru. Y mae yn yr Amgueddfa Werin hefyd enghreifftiau o Botel y Dyn Hysbys, a chedwir un botel a swyn ynddi yn ofalus hyd heddiw mewn ffermdy yng nghylch Llanfair Caereinion. Cred y teulu yw na ddylid meiddio symud y botel o'i lle nac agor y corcyn oherwydd fod 'Ysbryd Sgweier Bryn Glas' – yr ysbryd drwg a flinai'r fferm – wedi'i gaethiwo am byth yn y botel.

32 PONTARFYNACH

32

Pontarfynach, Ceredigion

Yng Nghymru, fel mewn gwledydd eraill, adeiladwyd pontydd dros geunentydd mor uchel fel y tyfodd chwedlau iddynt gael eu codi gan y Diafol ei hun. Un enghraifft yw Pont Aberglaslyn, ger Beddgelert, Sir Gaernarfon. Yr oedd hefyd gred gyffredin mai'r Diafol oedd piau enaid y creadur byw cyntaf i groesi pont newydd. Y chwedl enwocaf yng Nghymru yw'r un sy'n gysylltiedig â'r bont gyntaf o dair a godwyd uwchben y ceunant mawr dros Afon Mynach ym Mhontarfynach, neu 'Bont y Gŵr Drwg'.

Flynyddoedd lawer yn ôl roedd hen wreigan o'r enw Megan Llandunach wedi colli'i buwch. Bu'n chwilio'n hir amdani, ond o'r diwedd gwelodd hi wedi croesi i ochr bellaf yr hafn ddofn y llifai Afon Mynach trwyddi. Dechreuodd wylo a gofidio, ond ar hyn ymddangosodd y Diafol wedi ymwisgo fel mynach a thraed fforchog ganddo. Addawodd i Megan yr adeiladai bont dros y ceunant ar yr amod y câi yntau feddiannu enaid y creadur byw cyntaf i'w chroesi. Cytunodd hithau a chodwyd y bont dros nos. Yn y bore galwodd y Diafol ar yr hen wraig i ddod i weld y bont a hawlio'i dâl. Ond dywedodd hithau wrtho ei bod am daflu torth drosti i brofi cryfder y bont cyn ei chroesi. Cytunodd y Diafol gan feddwl yn siŵr y câi feddiannu enaid yr hen wraig yn y man. Yn lle hynny rhuthrodd ci newynog Megan ar ôl y dorth, a thwyllwyd y Diafol.

33
Nanteos, Ceredigion

Plasty helaeth ger Capel Seion, tua dwy filltir a hanner i'r de ddwyrain o Aberystwyth, yw Nanteos. Adeiladwyd y tŷ presennol yn 1739 a bu'n gartref am genedlaethau i deulu'r Powelliaid o linach Edwin ap Gronw, Tywysog Tegeingl, cantref yng ngogledd ddwyrain Cymru. Bu amryw o enwogion, megis y bardd Swinburne, yn aros yno, ond prif hynodrwydd y plas yw mai dyma gartref Cwpan Nanteos, ffiol bren gysegredig a ddiogelwyd gan y teulu o genhedlaeth i genhedlaeth.

Credai rhai i'r cwpan gael ei lunio o bren croes Crist. Y gred fwyaf gyffredin, fodd bynnag, yw mai dyma'r cwpan yr yfodd Crist ohono adeg Y Swper Olaf – y Greal Sanctaidd y bu marchogion Arthur ac eraill yn chwilio amdano cyhyd ac a fu'n destun cymaint o chwedlau yn yr Oesoedd Canol. Dywedid i'r cwpan gael ei gludo i Ynys Wydryn (Glastonbury) gan Joseph o Arimathea ac oddi yno i Abaty Ystrad-fflur. Yn ôl traddodiad lleol daeth saith mynach â'r cwpan o Ystrad-fflur i Nanteos pan fu raid iddynt ffoi adeg diddymu'r mynachlogydd yn oes Harri'r VIII.

Bu pobl o bell ac agos yn cyrchu i Nanteos i weld a chyffwrdd y crair santaidd gan gredu bod rhinwedd ynddo at iacháu amryw afiechydon. Ceir un traddodiad i Wagner, y cerddor, fod yn aros yn Nanteos ac iddo gael ei ysbrydoli gan y cwpan i gyfansoddi ei opera Parsival, ond y mae'n debyg mai hoffter George Powell o weithiau Wagner a roes fod i'r traddodiad hwn ac nid oes modd ei gadarnhau.

Gan gymaint y defnydd a wnaed o'r cwpan, darn bychan iawn ohono sydd ar ôl erbyn hyn. Fe'i cedwid yn Swydd Henffordd wedi i deulu'r Powelliaid (Mirylees) symud yno o Nanteos yn chwedegau'r ugeinfed ganrif. [Er y flwyddyn 2016 y mae'r cwpan yn cael ei arddangos yn barhaol yn Llyfrgell Genedlaethol Cymru.]

34

Cantre'r Gwaelod, Ceredigion

Cantre'r Gwaelod yw'r enw ar y darn tir a ymestynnai gynt, yn ôl y chwedl, o Aberteifi i Ynys Enlli ac a oresgynnwyd gan orlifiad sydyn y môr. Yn y ffurf gynharaf ar y chwedl, a berthyn i'r drydedd ganrif ar ddeg ac a gofnodwyd yn Llyfr Du Caerfyrddin, gelwir y tir yn Faes Gwyddno a boddir ef pan fo morwyn ffynnon o'r enw Mererid yn esgeuluso ei dyletswydd. Tyfodd y chwedl a adroddir heddiw wedi'r ail ganrif ar bymtheg ac yn arbennig yn sgil storïau am godi argaeau i sychu'r tir yn yr Iseldiroedd. Yn y ffurf ddiweddaraf ar y chwedl gelwir y tir lle mae Bae Ceredigion yn awr yn Gantre'r Gwaelod. Yr oedd un ar bymtheg o ddinasoedd hardd arno a Gwyddno Garanhir oedd y brenin. Amddiffynnid y Cantref rhag y môr gan furgloddiau a llifddorau. Ceidwad y llifddorau ydoedd Seithennin, ac un noson pan gynhaliwyd gwledd fawr anghofiodd gau'r llifddorau yn ei fedd-dod a boddwyd y tir a'r trigolion. Y bardd Taliesin yn unig a ddihangodd yn fyw. (Gweler eitem 27.) Fyth oddi ar hynny, medd y chwedl, cred rhai o drigolion y glannau eu bod yn gallu clywed sain isel clychau eglwysi Cantre'r Gwaelod, yng ngeiriau cerdd J. J. Williams, yn 'canu o dan y dŵr'. Cysylltir yn aml hefyd y gân werin adnabyddus 'Clychau Aberdyfi' â chlychau'r un ddinas ar bymtheg sy'n gorwedd am byth o dan y môr a'i donnau.

Pan ddaeth y dyn cyntaf i fyw ar arfordir Cymru (rywdro rhwng yr Oes Neolithig ac Oes yr Haearn) roedd y môr yn dal i godi a Chymru ac Iwerddon yn parhau i gael eu gwahanu ymhellach oddi wrth ei gilydd, a thyfodd y traddodiad am foddi Cantre'r Gwaelod, mae'n debyg, o ganlyniad i gof gwerin am ryw orlifiad sydyn ganrifoedd yn ôl. Rhoddwyd rhagor o gyfle i ddychymyg dyn i ychwanegu at y traddodiad oherwydd fod olion mawn a boncyffion coed i'w gweld ar draethau'r arfordir pan fo'r môr allan ymhell.

Ceir traddodiadau tebyg yn gysylltiedig â rhai o lynnoedd Cymru, megis Llyn Tegid, Y Bala, a Llyn Syfaddan, Powys (gweler eitemau 21 a 43), ac â rhai rhannau eraill o'r arfordir, megis Tyno Helyg a Chaer Arianrhod, Gwynedd; Morfa Rhianedd, Clwyd; a Chynffig, Morgannwg. Yn yr oll o'r traddodiadau hyn y mae'r elfennau moesol ac onomastig yn amlwg iawn. Ceir traddodiadau cyffelyb hefyd mewn gwledydd eraill.

35
Pennant, Ceredigion

Yn ardal Pennant, rhwng Cross Inn ac Aberaeron, yr oedd Mari Berllan Piter yn byw, hen wraig dlawd, ddiolwg a chefngrwm, yn crwydro'n aml ymhlith y beddau ac yn hoff o gathod duon a nadredd. Y mae adfeilion Perllan Piter, y bwthyn anhygyrch a fu'n gartref iddi, bellach yn prysur fynd o'r golwg yn y coed a'r tyfiant, a bu Mari hithau yn gorffwys ym mynwent Llanbadarn Trefeglwys er 1896. Ac eto, y mae'r lliaws o hanesion a adroddir amdani yn fyw iawn ar gof rhai o drigolion Pennant a'r cylch hyd heddiw.

Credid yn ddiysgog fod gallu ganddi i reibio neu witsio ac yr oedd yr ardalwyr, yn hen ac ifanc, yn arswydo rhag ei melltith. Pan fethai gwragedd ffermydd â chorddi'r llaeth, neu pan glafychai'r anifeiliaid, Mari druan a gâi'r bai bron bob tro. Yn wir, gofalai rhai ffermwyr roi sachaid o flawd neu rodd gyffelyb iddi er mwyn sicrhau na fyddai'n witsio'r anifeiliaid. Un tro pan wrthododd Dic y Felin falu ei blawd parodd i rod y felin droi o chwith. Dro arall pan fentrodd merch ifanc i'w pherllan i mofyn afal, gorfodwyd hithau i gerdded bob cam adref yn wysg ei chefn.

Yr oedd gan Mari hefyd, yn ôl y gred gyffredin, allu i ymrithio ar ffurf cwningen neu ysgyfarnog, a phan geisid ei saethu diflannai'n chwap o'r golwg i simdde Berllan Piter. Yn ôl un hen gred yr unig ddull o saethu gwrach a fodolai ar ffurf ysgyfarnog ydoedd trwy ddefnyddio bwled o arian neu o wreiddyn planhigyn cysegredig o'r enw Erfinen Mair (*Tamus communis*).

Nid oes sôn o gwbl, fodd bynnag, i Mari gael ei saethu na'i brifo. Yn wir, credir gan lawer fod ei hysbryd yn dal yn fyw heddiw. Cafodd ffotograffwyr drafferth i dynnu llun adfeilion ei bwthyn (a elwir bellach yn Fwthyn y Wrach), a phan aeth Cwmni Theatr Felin-fach ati yn 1981 i baratoi pasiant yn seiliedig ar hanes ei bywyd cafwyd pob math o broblemau a mân ddamweiniau, ac ysbryd Mari a gâi'r bai.

36 STRATA FLORIDA

36
Strata Florida (Ystrad-fflur), Ceredigion

Mynachlog Sistersaidd Ystrad-fflur, a sefydlwyd yn 1164, oedd un o fynachlogydd pwysicaf Cymru a'i thir yn ymestyn dros rannau helaeth o'r Canolbarth. Claddwyd nifer o dywysogion yno, ac yn eu plith Cadell ap Gruffydd (1175) a Maelgwn ap Rhys (*c.* 1230). Bu'n hael ei nawdd i ddiwylliant, ac ysgrifennwyd rhai gweithiau llenyddol o bwys yno, megis, o bosibl, fersiwn Ladin wreiddiol *Brut y Tywysogion* tua diwedd y drydedd ganrif ar ddeg. Canwyd clodydd yr abaty a'r abadau gan feirdd, megis Guto'r Glyn, Dafydd Nanmor ac Ieuan Deulwyn.

Credir yn gyffredinol mai yno (ac nid yn abaty Talyllychau) y claddwyd y bardd mawr Dafydd ap Gwilym (*fl.* 1320–70). Sail yr honiad yw cerdd Gruffudd Gryg sy'n awgrymu bod gweddillion y bardd yn gorwedd o dan ywen ym mynwent yr abaty. Yn ôl y gred leol y mae'r un pren ywen i'w weld yn y fynwent heddiw.

Diddymwyd abaty Ystrad-fflur yn 1539 yn ystod teyrnasiad Harri'r VIII. Ond am rai blynyddoedd wedi'r dinistr dywed traddodiad fod canhwyllau i'w gweld yn olau nos a dydd yng nghanol yr adfeilion. Bob nos cyn y Nadolig hefyd gwelwyd ysbryd un o'r mynaich yn ailgodi'r allor. (Gweler hefyd eitem 39.)

37

Tregaron, Ceredigion

Un o wŷr enwog Tregaron oedd Twm Siôn Cati (c. 1530–1609). Thomas Jones oedd ei briod enw ac yr oedd yn fab gordderch i Siôn ap Dafydd ap Madog ap Hywel Moetheu o Borth-y-ffin, ger Tregaron. Catherine (Cati) oedd enw'i fam. I'w gyfoeswyr, yn ddiamau, tirfeddiannwr, gŵr bonheddig a hynafiaethydd parchus ydoedd Thomas Jones, yn meddu ar ddawn arbennig fel herodr neu achyddwr. Yn ddiweddarach, fodd bynnag, tyfodd llawer o chwedlau apocryffaidd o'i gylch sy'n ei bortreadu fel lleidr pen-ffordd a herwr, hynod am ei gastiau. Digwyddodd hyn, o bosibl, oherwydd iddo dderbyn pardwn swyddogol yn 1559 ym mlwyddyn gyntaf teyrnasiad y Frenhines Elizabeth (er na wyddom beth oedd natur ei drosedd). Mae'n bosibl hefyd iddo gael ei ddrysu â phersonau eraill o'r un enw yng nghylch Tregaron a oedd yn lladron pen-ffordd.

Cofnodwyd llawer iawn o anturiaethau chwedlonol Twm gan T. J. Llewelyn Prichard yn ei nofel boblogaidd *The Adventures and Vagaries of Twm Shon Catti* (1828) a gyfieithwyd yn ddiweddarach i'r Gymraeg.

Yn rhai o'r storïau a adroddir amdano fe'i disgrifir fel gŵr i'w ofni. Felly mewn un rhigwm adnabyddus:

> *Mae llefain mawr a gweiddi*
> *Yn Ystrad-ffin eleni,*
> *A'r cerrig nadd yn toddi'n blwm*
> *Gan ofon Twm Siôn Cati.*

Y mae mwyafrif o'r hanesion, fodd bynnag, yn disgrifio Twm fel un sy'n cyfateb i Robin Hood Cymreig – arwr poblogaidd sy'n lladrata oddi ar y cyfoethog er mwyn cynorthwyo'r tlawd.

Un tro cyfarfu â dyn tlawd iawn yn mynd i brynu crochan ac addawodd gael un yn rhad ac am ddim iddo. Aeth Twm at siopwr a dweud bod twll yn un o'i grochanau. Yn naturiol, gwadodd y siopwr. Dywedodd Twm wrtho am ei osod ar ei ben, y gwelai'r twll wedyn. Gwnaeth yntau hynny, ond tra chwiliai am y twll yn y tywyllwch gadawodd Twm a'r dyn tlawd y siop gyda chrochan newydd sbon!

Dro arall yr oedd Twm wedi'i ffyrnigo gan greulondeb a drygioni un lleidr pen-ffordd arbennig, a phenderfynodd ddysgu gwers iddo. Gwisgodd fel ffermwr tlawd a marchogaeth hen geffyl gwanllyd, esgyrniog. Gosododd fagiau'n llawn o gregyn ar y cyfrwy ac aeth i'r fan lle arferai'r lleidr aros. Pan welodd Twm yn dod neidiodd y lleidr amdano a'i fygwth gyda gwn. Cymerodd Twm arno ddychryn yn arw a thaflodd y bagiau cregyn dros y clawdd. Ond tra roedd y lleidr yn chwilio amdanynt llamodd Twm oddi ar ei geffyl gwanllyd a marchogaeth ar gaseg hardd y lleidr pen-ffordd gyda'r bagiau'n llawn o arian a charlamodd ymaith.

Y mae Ogof Twm Siôn Cati tua milltir i'r gorllewin o Ystrad-ffin. Yno, meddir, yr arferai Twm ymguddio.

38

Llanddewibrefi, Ceredigion

Cysylltir Llanddewibrefi, pentref yng Ngheredigion, ag anifeiliaid mytholegol o'r enw Yr Ychen Bannog, ychen 'hirgyrn' y cyfeirir atynt yn aml yn llên gwerin Cymru. Y mae'r chwedlau'n pwysleisio bob amser gryfder a maint yr ychen. Gorlifodd Llyn Llion unwaith nes gorchuddio Prydain gyfan, ond fe'i rhwystrwyd rhag gorlifo drachefn pan lwyddodd Hu Gadarn, gyda chymorth yr Ychen Bannog, i lusgo'r Afanc angenfilaidd o'r llyn. Trigai anghenfil hefyd yn Llyn yr Afanc, pwll yn Afon Conwy, ger Betws-y-coed. Er i ferch ifanc lwyddo i ddenu'r Afanc o'r dŵr, dihangodd yn ôl i'w guddfan yn y llyn gydag un o fronnau'r ferch yn ei grafanc. Dyna pryd y daeth y ddau Ychen Bannog i'r adwy a llusgo'r Afanc cadwynog o'r dŵr. Ond bu'n frwydr galed a syrthiodd llygad un o'r ychen i'r ddaear. Yr oedd y llygad mor fawr fel y ffurfiodd yn llyn o ddŵr a alwyd fyth wedyn yn Bwll Llygad Ych.

Pwysleisir hefyd gan y chwedlau mai dau yn unig o'r Ychen Bannog bellach sydd ar ôl yn yr holl wlad. Y maent yn oroeswyr unig ac ni ddylid eu gwahanu. Yn chwedl Culhwch ac Olwen yn y Mabinogion gwahanwyd y ddau Ychen Bannog (Nynniaw a Pheibiaw) gan Fynydd Banawg ac un o'r tasgau y mae'n rhaid i Gulhwch ei chyflawni cyn y gall ennill Olwen yn wraig yw eu dwyn ynghyd drachefn.

Mewn un chwedl disgrifir y ddau ychen yn llusgo carreg anferth i adeiladu Eglwys Llanddewibrefi, gan agor cwys ar y mynydd a elwir hyd y dydd heddiw yn Gwys yr Ychen Bannog. (Fe'i lleolir dair milltir i'r gogledd o Dregaron ac fe'i defnyddir bellach fel llwybr cyhoeddus.) Bu farw un o'r ychen yn yr ymdrech. Bu farw'i gymar yn fuan wedyn hefyd, ond cyn marw brefodd mor uchel nes hollti craig fawr a oedd yn rhwystr i lusgo'r garreg. Ceir rhigwm lleol sy'n pwysleisio'r elfen onomastig yn y chwedl (brefu(i) – brefodd):

Llanddewibrefi fraith
Lle brefodd yr ych naw gwaith
Nes hollti Craig y Foelallt.

Bu rhan o gorn a elwir yn 'Fabcorn yr Ych Bannog' ar gadw am ganrifoedd yn Eglwys Llanddewibrefi. Fe'i cedwir yn awr yn Amgueddfa Werin Cymru. Perthynai i'r *urus* mawr *Bos primogenius*, y gwartheg hirgyrn a drigai ym Mhrydain yn y cyfnod cyn-Rufeinig. Ceir yn y chwedlau am yr Ychen Bannog, felly, haenau o draddodiad sy'n ein cysylltu ag oes pan nad oedd yr urus hirgorn cyntefig wedi llwyr ddiflannu o'r tir. Tybir ymhellach fod y gwartheg gwyn 'gwyllt' a fu'n pori ar stadau megis Dinefwr a Glynllifon yn ddisgynyddion pell i'r Ychen Bannog. (Gweler hefyd eitem 44.)

39

Nantmel, Sir Faesyfed

Pentref rhwng Rhaeadr Gwy a Llandrindod, yn sir Faesyfed yw Nantmel. Oddeutu dwy filltir i'r de o'r pentref saif Llyn Gwyn, llyn a gysylltir mewn llên gwerin â Gwyn ap Nudd, Brenin y Tylwyth Teg ac Arglwydd Annwfn, neu'r Byd Tanddaearol. Yr oedd gallu ganddo i gludo pobl drwy'r awyr. Mewn rhai chwedlau y mae hyd yn oed yn herio awdurdod y saint. Fe'i portreadir hefyd fel un sy'n arwain ei Gŵn Annwfn i erlid eneidiau coll y meirw.

Ceir traddodiad arall sy'n dweud i'r Llyn Gwyn gael ei ddefnyddio unwaith gan fynachod Ystrad-fflur i gyflenwi'r abaty â physgod. Pan ddinistriwyd y fynachlog yn 1539 gan filwyr Harri'r VIII gweddïodd un mynach ar i bob brithyll a gâi ei ddal yn y llyn byth mwy dystio i'r anfadwaith a wnaed. Ac felly fu. Byddai pob brithyll a ddelid yn crawcian a gwrthodai pobl â'u bwyta. (Gweler eitem 36.)

40
Maesyfed

Roedd Dr John Lloyd, 'Silver John' (*c.* 1740–1814?), yn feddyg esgyrn ac yn aelod o deulu'r Lloydiaid a oedd yn adnabyddus yn siroedd Maesyfed a Henffordd am eu diddordeb mewn dewiniaeth a meddygaeth. Rhoddwyd yr enw 'Silver John' iddo oherwydd y botymau arian a wisgai ar ei gôt.

Tybir iddo gael ei lofruddio gan wŷr Maesyfed a geisiodd ddwyn y botymau a'r darnau arian eraill a osodai ar ei ddillad ac a dderbyniwyd ganddo yn dâl am ei wasanaeth fel meddyg. Darganfuwyd ei gorff o dan ddyfroedd rhewllyd Llyn Hilyn, ger Maesyfed, ym 'Mlwyddyn y Rhew Mawr' (1814?). Trwblwyd y llyn wedi hynny gan ei ysbryd. Claddwyd ei gorff ar lethrau Fforest Glud, Maesyfed, a chredid unwaith y byddai'r glaswellt ar ei fedd yn fythol wyrdd.

Coffeir ei farwolaeth mewn rhigwm, a byddai trigolion Maesyfed yn ddig iawn pan glywent ganu'r pennill hwn:

> *'Silver John is dead and gone'* –
> *So they came home a-singing;*
> *The Radnor Boys pulled out his eyes*
> *And set the bells a-ringing.*

41 GLASGWM

41

Glasgwm, Sir Faesyfed

Ar un adeg yr oedd cloch fechan hardd o'r enw Bangu ar gadw yn Eglwys Glasgwm. Dywedir mai rhodd gan Ddewi Sant ydoedd ac iddi gael ei chludo i'r eglwys gan ychen hud.

Ystyrid unrhyw wrthrych a gysylltid â seintiau fel crair sanctaidd. Mawr y parch a ddangosid tuag atynt a chredid gynt fod iddynt alluoedd goruwchnaturiol. Pe bai rhywrai'n meiddio amharchu'r crair, disgynnai melltith Duw ar y personau hynny. Felly yr ystyrid cloch fechan Bangu.

Un tro aeth gwraig â hi i dref Rhaeadr Gwy gerllaw. Carcharwyd ei gŵr yn y castell, ond credai'r wraig y câi ei ryddhau dim ond iddi ganu'r gloch. Cipio'r gloch oddi arni a wnaeth y gwarchodlu, fodd bynnag, ac erlid y wraig ymaith. Y noson honno llosgwyd y dref yn ulw, ar wahân i'r mur lle gosodwyd y gloch sanctaidd.

Cofnodwyd yr hanesyn hwn gan Gerallt Gymro yn ei lyfr *Descriptio Kambriae* ('Y Disgrifiad o Gymru', 1193). Gerallt Cymro (c. 1146–1223), a adwaenid hefyd fel Giraldus Cambrensis a Gerald de Barri, oedd un o'r llenorion Lladin mwyaf a godwyd yng Nghymru, ac yn ei ddau lyfr diddorol a phwysig, *Itinerarium Kambriae* ('Hanes y Daith Trwy Gymru', 1191) a *Descriptio Kambriae*, gwnaeth gymwynas arbennig yn cofnodi toreth o lên gwerin ei oes.

42

Cilmeri, Sir Frycheiniog

Ar lannau Afon Irfon yng Nghilmeri, ger Llanfair-ym-Muallt, ceir maen i goffáu Llywelyn ap Gruffudd, 'Llywelyn ein Llyw Olaf' (c. 1225–82). Ar 11 Rhagfyr 1282, wedi iddo amddiffyn yn aflwyddiannus Bont Irfon yng Nghilmeri yn erbyn grym byddin Edward I, yr oedd Llywelyn yn dychwelyd heb braidd gwmni o gwbl i ail-ymuno â'i filwyr ei hun ar y tir uwchlaw'r afon pan y'i trywanwyd yn ddirybudd gan farchog o Sais, Stephen de Francton, na wyddai, mae'n bosibl, pwy ydoedd. Wedi hynny trefnodd Edward i ben briw Llywelyn gael ei goroni ag eiddew a'i gario ar bolyn drwy strydoedd Llundain i sain cyrn a thrympedau a rhialtwch mawr. Claddwyd ei gorff, yn ôl pob tebyg, yn Abaty Cwm-hir, ger Rhaeadr Gwy.

Gyda marwolaeth Llywelyn, 'cannwyll brenhinoedd', collodd Cymru ei hannibyniaeth. I'w bobl ei hun nid oedd ei farwolaeth yn ddim llai nag argyfwng cenedlaethol ac y mae'r ing a'r galar i'w deimlo'n amlwg iawn ym marwnad enwog y bardd Gruffydd ab yr Ynad Coch:

> *Poni welwch-chwi hynt y gwynt a'r glaw?*
> *Poni welwch-chwi'r deri'n ymdaraw?*
> *Poni welwch-chwi'r môr yn merwinaw'r tir?*
> *Poni welwch-chwi'r gwir yn ymgyweiriaw?*
> *Poni welwch-chwi'r haul yn hwylaw'r awyr?*
> *Poni welwch-chwi'r sŷr wedi'r syrthiaw?*
> *Poni chredwch-chwi i Dduw, ddyniadon ynfyd?*
> *Poni welwch-chwi'r byd wedi'r bydiaw …*
> *Pen Llywelyn deg, dygn o fraw – i'r byd*
> *Bod pawl haearn trwyddaw.*

Pen f'arglwydd, poen dygngwydd a'm daw;
Pen f'enaid heb fanag arnaw.
Pen a fu berchen ar barch naw – canwlad,
A naw canwledd iddaw.
Pen tëyrn …

Ger Aberedw ceir ogof a elwir Ogof Llywelyn. Yn ôl un chwedl, yma y daeth y Tywysog i ymguddio ychydig amser cyn iddo gael ei ladd. Pan adawodd yr Ogof dywedir iddo orchymyn gof lleol o'r enw Madog Goch i wyrdroi pedolau ei farch er mwyn twyllo'r gelyn. Gwnaed hynny a marchogodd Llywelyn drwy'r eira am Lanfair-ym-Muallt. Ond daeth y Normaniaid ac arteithio Madog Goch gan ei orfodi i ddatgelu i ble'r aeth y Tywysog. Er nad oes, bid siwr, wirionedd yn y chwedl hon, gelwid trigolion Aberedw wedi hynny yn 'Fradwyr Aberedw'.

Dywed traddodiad hefyd fod y tir lle lladdwyd y Tywysog bryd hynny yn llawn banadl, ond wedi'r dydd tyngedfennol hwnnw ni thyfodd mwyach, oherwydd ei fod yn galaru ar ôl Llywelyn.

43 LLYN SYFADDAN

43
Llyn Syfaddan, Sir Frycheiniog

Ceir dwy chwedl werin yn gysylltiedig â Llyn Syfaddan ym Mrycheiniog. Seiliwyd un ohonynt ar thema gydwladol y palas neu'r dref a foddir oherwydd drygioni'r tywysog. (Gweler hefyd eitem 21.) Perthynai'r tir o dan y llyn unwaith i dywysoges greulon a thrachwantus. Dyn tlawd oedd ei chariad ond cytunodd i'w briodi ar yr amod y deuai â chyfoeth lawer iddi – doedd wahaniaeth yn y byd sut. Llofruddiodd farsiandïwr cyfoethog a dwyn ei arian. Ond dychwelodd ysbryd y marsiandïwr i rybuddio'r tywysog a'r dywysoges y deuai dial arnynt yn ystod oes y nawfed genhedlaeth. Ni hidient hwythau ddim am y rhybudd ac ymorfoleddent yn eu cyfoeth a'u ffyrdd drygionus. Buont fyw mor rhyfeddol o hen nes gweld geni plant y nawfed genhedlaeth. Ond un noson pan gynhalient wledd fawr i'r holl deulu llifodd dŵr fel afon gref o'r bryniau a boddwyd y tir a'r trigolion oll.

Seiliwyd yr ail chwedl ar draddodiad (a gofnodwyd gan Gerallt Gymro) y byddai i Adar Syfaddan, a drigai ar y llyn, ganu ar orchymyn gwir dywysog Deheubarth Cymru, a neb arall. Rywdro yn amser y Brenin Harri'r I, pan oedd y Saeson wedi gorchfygu bron y cyfan o Frycheiniog, dywedir bod Gruffudd ap Rhys, Tywysog y Deheubarth (*m.* 1136), yn cydgerdded ar hyd glannau'r llyn yng nghwmni dau arglwydd Normanaidd. Gwrthododd yr adar ganu ar eu gorchymyn hwy, ond ar archiad Gruffudd canodd yr adar yn uchel, gan gyhoeddi mai ef oedd gwir Dywysog y Deheubarth.

44
Llyn y Fan Fach, Sir Gaerfyrddin

Llyn mynyddig ger Llanddeusant yw Llyn y Fan Fach a gysylltir ag un o storïau gwerin enwocaf Cymru. Yn ôl y chwedl syrthiodd mab fferm Blaen Sawdde, Myddfai, mewn cariad â morwyn hardd o'r llyn. Wedi cynnig tri math o fara iddi (bara cras, bara llaith a bara wedi'i grasu'n ysgafn) cytunodd i'w briodi ar un amod: nad oedd i'w tharo â 'thair ergyd ddiachos'. Cafodd y forwyn yn waddol briodas gan ei thad o'r llyn y stoc orau'n y wlad o wartheg, defaid, geifr a cheffylau. Bu'r ddau yn byw yn hapus am flynyddoedd yn Esgair Llaethdy a ganwyd iddynt dri mab, ond yna fe'i trawyd hi'n ysgafn a difeddwl gan ei gŵr ar dri achlysur: pan oedd hi'n hwyrfrydig i fynd i wasanaeth bedydd yn yr ardal; pan wylodd mewn priodas; a phan chwarddodd mewn angladd. Wedi'r drydedd ergyd dychwelodd i'r llyn gan alw ei holl wartheg ac anifeiliaid ar ei hôl:

> *Mu wlfrech, Moelfrech,*
> *Mu olfrech, Gwynfrech …*
> *Gyda'r tarw gwyn o lys y Brenin,*
> *A'r llo du bach sydd ar y bach,*
> *Dere dithe yn iach adre.*
>
> (Sylwer ar y 'llo du bach' yn y darlun.)

Wedi hynny ymddangosodd y fam droeon i'w phlant mewn mannau a alwyd yn ddiweddarach yn Bant y Meddygon a Llidiart y Meddygon, a dysgu iddynt rinweddau llysiau a phlanhigion. Daeth Rhiwallon, y mab hynaf, a'i dri mab yntau, yn feddygon i Rys Gryg, Arglwydd Dinefwr (*m.* 1234), gan sefydlu llinach faith o feddygon enwog a adwaenir fel Meddygon Myddfai. Cofnodwyd eu meddyginiaethau mewn llawysgrifau, y gynharaf yn

44 LLYN Y FAN FACH

perthyn i'r drydedd ganrif ar ddeg, a chyhoeddwyd testun ohonynt yn y gyfrol *Meddygon Myddfai* (golygwyd gan John Williams a chyfieithwyd gan John Pughe, 1861).

Seiliwyd chwedl Llyn y Fan Fach ar gof gwerin am bobl a drigai mewn cartrefi cyntefig (cranogydd) ar lan llynnoedd, a chredir bod y disgrifiad o'r gwartheg yn cyfateb i'r gwartheg a oedd ym Mhrydain rhwng Oes yr Haearn a'r Oesoedd Tywyll. Cyplyswyd y chwedl wreiddiol â'r hanes llawer diweddarach am Feddygon Myddfai a Rhys Gryg o bosibl oherwydd y cysylltiad ym meddyliau pobl rhwng y cyfeiriad at 'y tarw gwyn o lys y Brenin' (disgynnydd i'r urus cynnar) a gwartheg gwynion llys brenhinol Dinefwr. (Gweler hefyd eitem 38.)

Yn ddiweddarach tyfodd llawer o goelion gwerin am y llyn, megis y gred ei fod yn ddiwaelod; bod saith eco rhwng ceulan Tyle Gwyn a cheulan y Gwter Goch; a bod tynfa annaturiol yn y creigiau o'i amgylch. Bu'n arferiad hefyd yn y bedwaredd ganrif ar bymtheg i bobl ymweld â'r llyn bob blwyddyn ar y Sul cyntaf yn Awst i sylwi ar y dŵr yn 'berwi' – arwydd fod 'Morwyn y Llyn' ar fin ymddangos, a chredir gan rai hyd heddiw fod 'merched glân Myddfai' (y cyfeirir atynt mewn rhigwm lleol) yn ddisgynyddion i forwyn hardd Llyn y Fan Fach.

45
Nanhyfer, Sir Benfro

Ceir nifer helaeth o hynafiaethau a thraddodiadau yn gysylltiedig ag Eglwys Brynach Sant yn Nanhyfer. Er enghraifft, ychydig lathenni oddi wrth yr eglwys y mae llwybr troed yn arwain at groes fechan, Croes y Pererinion, wedi'i cherfio mewn craig. Defnyddid y llwybr gynt gan seintiau a phererinion ar eu taith i Dyddewi.

Ym mynwent yr eglwys saif Croes Sant Brynach, un o dair croes Geltaidd enwocaf Cymru. Dywedir mai oddi ar y groes hon ar y 7fed o Ebrill (Dydd Gŵyl Sant Brynach) y cân y gog gyntaf yn sir Benfro. Byddai'r offeiriad gynt, meddid, yn amharod i ddechrau'r gwasanaeth ar y dydd hwn hyd nes y byddai'r gog wedi canu. Un flwyddyn roedd hi'n hwyr iawn yn cyrraedd a'r gynulleidfa oll yn aros yn amyneddgar amdani. Cyrhaeddodd ymhen yrhawg, ond yr oedd yr aderyn mor flinedig fel y canodd un gân ac yna disgynnodd yn farw.

Gelwir Brynach Sant hefyd wrth yr enw Brynach Wyddel, oherwydd ei dras Wyddelig, ond fe'i ganed, mae'n debyg, yng Nghemaes, sir Benfro. Aeth ar bererindod i Rufain a threulio rhai blynyddoedd yn Llydaw. Ond dychwelodd i Gymru ac ymsefydlu yn Nanhyfer, gan fyw bywyd meudwy ar Garn Ingli gerllaw. Yno bu'r angylion yn gweini arno, a dyna paham y dywedir mai Carn Angylion (*Mons Angelorum*) ydoedd enw gwreiddiol y bryn hwn.

Ym mynwent Eglwys Nanhyfer hefyd gwelir ywen hynafol iawn a elwir 'Yr Ywen Waedlyd'. Y mae hylif tew coch yn llifo o'i bôn. Yn ôl traddodiad gwerin poblogaidd crogwyd dyn (mynach, o bosibl) ar y pren hwn. Cyn marw fe dyngodd y byddai i'r pren waedu am byth yn dyst ei fod yn ddieuog.

46

Abergwaun, Sir Benfro

Uwchben y môr ym Mhen-caer (Strumble Head), ger Abergwaun, ceir carreg i gofio glaniad y Ffrancod ar 22 Chwefror, 1797. Dyma oresgyniad olaf Prydain. Hwyliodd llu ymgyrchol Ffrengig, o dan arweiniad Americanwr o'r enw Tate, i fyny Môr Hafren gan obeithio dechrau gwrthryfel ymhlith gwerin Lloegr yn erbyn y tirfeddianwyr, ond oherwydd gwyntoedd cryfion bu raid iddynt lanio ar arfordir Cymru. Canolfan y Ffrancod oedd seler fferm Tre Hywel, ger Wdig. Dau ddiwrnod yn ddiweddarach ymosodwyd ar y milwyr Ffrengig meddw gan Feirchfilwyr Castell Martin o dan arweiniad Arglwydd Cawdor. Gyrrwyd y Ffrancod i'r traeth islaw Wdig a cheir carreg ddi-ysgrifen yno i ddynodi'r fan lle bu raid iddynt ildio ar 24 Chwefror.

Deil traddodiad lleol, fodd bynnag, i'r milwyr Ffrengig ildio oherwydd i nifer o wragedd yr ardal, o dan arweiniad yr enwog Jemima Nicholas, wisgo peisiau a chlogau cochion ac ymdeithio'n dalog i gwrdd â'r Ffrancod. Tybiasant hwythau fod y Fyddin Brydeinig gerllaw ac ildio. Daeth Jemima Nicholas yn enwog fel 'Cadfridog y Fyddin Goch'. Dywedir, er enghraifft, iddi ddal amryw o'r Ffrancod drwy gymorth picfforch. Bu farw yn 1832 ac fe'i claddwyd ym mynwent Eglwys Fair, Abergwaun.

Y mae'r traddodiadau gwerin am 'laniad y Ffrancod' yn fyw iawn hyd heddiw yn Abergwaun a'r cylch. Ar fferm Bristgarn, er enghraifft, ceir cloc ac ôl bwled arno, ac ar fferm arall, y Cots, fe glywir, o bosibl, yr hanes am y modd yr achubwyd bywyd y fam oherwydd iddi ddal ei baban diwrnod oed yn ei breichiau a'i godi'n uchel i'r milwr Ffrengig ei weld.

47

Tyddewi, Sir Benfro

O'r Canol Oesoedd hyd heddiw bu Tyddewi yn gyrchfan boblogaidd i bererinion, ac yn arbennig wedi i Ddewi gael ei gydnabod yn swyddogol fel sant gan y Pab Callixtus yn 1120 a'i fabwysiadu yn ddiweddarach yn nawddsant y Cymry. Yng Nglyn Rhosyn (*Vallis Rosina*), lle saif y Gadeirlan heddiw, y sefydlodd Dewi ei eglwys ac y daeth yn un o arweinwyr pwysicaf yr Eglwys Geltaidd yng Nghymru. Er gwaethaf ei fywyd syml o hunan-ymwadiad a disgyblaeth lem ei fynachlog, tyrrai disgyblion ato, gan mor addfwyn ydoedd.

Fel yn achos cynifer o saint eraill yr ysgrifennwyd eu bywgraffiadau ganrifoedd lawer ar ôl eu marw, honnir i Ddewi gyflawni pob math o wyrthiau. Cofnodwyd y mwyafrif ohonynt gan Rygyfarch ym 'Muchedd Dewi' a ysgrifennwyd ganddo yn Lladin tua diwedd yr unfed ganrif ar ddeg (*Vita Davidis*).

Enw tad Dewi ydoedd Sant, fab Ceredig, Brenin Ceredigion. Enw'i fam ydoedd Non. Adeg ei eni yr oedd hi'n storm enbyd ym Mae Non a'r holl wlad oddi amgylch, ond tywynnai'r haul yn braf uwchben bwthyn bychan Non. Oddeutu deng mlynedd ar hugain cyn geni Dewi dywedir i Sant Padrig ddod i Lyn Rhosyn gan fwriadu ymsefydlu yno, ond daeth Angel ato a'i gynghori i fynd i Iwerddon oherwydd fod Duw wedi neilltuo'r fan hon ar gyfer Dewi.

Yn ôl un chwedl, doedd dim dŵr yn y fynachlog. Gweddïodd Dewi, a tharddodd ffynnon ger ei draed. Dywedir i lawer o'r ffynhonnau eraill a gysylltir â Dewi ffrydio o'r ddaear mewn mannau lle cyflawnodd y sant wyrthiau yn iacháu'r dall, y cloff a'r afiach. Roedd Paulinus, ei hen athro, yn ddall, ond rhoes Dewi ei olwg yn ôl iddo. Ceir hefyd wrthrychau a chreiriau gwyrthiol sy'n gysylltiedig â'r nawddsant, megis y gloch ryfeddol o'r enw Bangu. (Gweler eitem 41.)

Mewn cyfarfod o Senedd yr Eglwys yn Llanddewibrefi nid oedd modd clywed yr esgobion gwadd yn pregethu gan faint y dyrfa, ond pan ddechreuodd Dewi bregethu cododd bryn o dan ei draed fel y clywodd pawb ef yn eglur. Yn dilyn y senedd hon gwnaed Dewi yn Archesgob. Bu farw, yn ôl Rhygyfarch, ar 1 Mawrth 589, a daeth llu o angylion i gludo'i enaid i'r nefoedd mewn gogoniant ac anrhydedd.

Yn 1398 gorchmynnodd Archesgob Arundel yr eglwys i ddathlu dygwyl Dewi ar y cyntaf o Fawrth bob blwyddyn, ac o'r ddeunawfed ganrif ymlaen, yn arbennig, daethpwyd i gydnabod y diwrnod hwn fel dydd o ŵyl genedlaethol. Mor gynnar â'r unfed ganrif ar bymtheg (adeg teyrnasiad y Frenhines Mari Tudur) gwisgwyd y genhinen gan Gymry ar y cyntaf o Fawrth ac fe'i mabwysiadwyd wedi hynny yn arwyddlun cenedlaethol. Yn ôl un chwedl roedd y Cymry unwaith yn ymladd yn erbyn y Saeson paganaidd mewn cae yn llawn cennin. Gorchmynnodd Dewi i'w gydwladwyr wisgo'r cennin ar eu penwisg er mwyn eu cynorthwyo i adnabod ei gilydd. Rheswm mwy tebygol, fodd bynnag, dros gysylltu'r genhinen â Dewi Sant a'i mabwysiadu maes o law yn arwyddlun cenedlaethol gan y Cymry yw ei bod yn rhan mor ganolog gynt o fwyd y saint, a'r Cymry yn gyffredinol, yn arbennig yn ystod Y Grawys. Yr oedd iddi hefyd rinweddau meddyginiaethol amlwg; fe'i defnyddid yn helaeth mewn dewiniaeth; ac, yn bwysicaf oll, yr oedd yn arwydd o burdeb ac anfarwoldeb.

CASNEWY-BACH

48

48
Casnewy-bach, Sir Benfro

Yng Nghasnewy-bach, rhwng Hwlffordd ac Abergwaun, y ganed un o fôr-ladron enwocaf Cymru, sef Bartholomew Roberts, 'Barti Ddu' (1682?–1722). Aeth i'r môr yn ifanc ond, yn wahanol i Harri Morgan (1635?–88), y môr-leidr enwog o Went, dim ond am brin bum mlynedd olaf ei oes y bu Barti Ddu yn fôr-leidr. Yn 1718 yr oedd yn ail-fêt ar long fasnach fawr, y Princess, a hwyliai i Orllewin Affrica pan ymosodwyd arni a'i hysbeilio gan fôr-leidr arall o Gymro, y Capten Hywel Dafydd. Gorfodwyd Barti Ddu a'i wŷr i ymuno â chriw'r môr-ladron. Ymhen chwe wythnos lladdwyd y Capten Hywel Dafydd a dewiswyd Barti Ddu yn gapten yn ei le.

Yn fuan wedyn daliwyd llong fawr yn drymlwythog o aur ac arian a nwyddau, megis tybaco, siwgr a chrwyn, ond tra bu Barti'n gwerthu'r llwyth ar y tir ac yn gwario'r arian, dihangodd un o'r criw a hwylio ymaith gyda'i long. Cafodd hyd i long fechan arall a hwyliodd i un o borthladdoedd Newfoundland. Yno dywedir iddo suddo pob llong oedd yn yr harbwr, ar wahân i un. Meddiannodd honno a hwylio y tro hwn am arfordir Guinea. Enillodd enwogrwydd mawr fel môr-leidr ym Môr y Caribi. Adroddir chwedlau lawer am ei fynych anturiaethau ac fe'i disgrifiwyd fel gŵr tal, urddasol, o ddewrder anghyffredin.

Yn gynnar un bore yn Chwefror 1722 ymosodwyd ar ei long, y *Royal Fortune*, yn ddirybudd gan Lynges Frenhinol Prydain, ger Cape Lopez. Saethwyd Barti yn ei wddw a'i daflu i'r môr yn ei wisg orwych. A dyna sut y daeth bywyd anturus y môr-leidr i ben. Yng ngeiriau'r bardd I. D. Hooson, awdur y faled iddo:

> *Barti Ddu o Gasnewy-bach –*
> *Y morwr tal a'r chwerthiniad iach.*

49

Yr Efail Wen, Sir Benfro

Roedd tollbyrth niferus De Cymru yn faich ariannol trwm ar gymdeithas amaethyddol dlawd hanner cyntaf y bedwaredd ganrif ar bymtheg. Yn y diwedd daeth y bobl i ben eu tennyn a gweithredu'n anghyfreithlon, ac nid cyn i 'Derfysgwyr Beca' ddinistrio llawer o'r tollbyrth y symudwyd yr anghyfiawnder. Byddai grwpiau o ddynion, yn aml wedi pardduo eu hwynebau ac, fel arfer, yn gwisgo dillad merched, yn ymosod ar y clwydi yn ystod y nos. Tollborth Yr Efail Wen ar y ffordd o Grymych i Glunderwen ac yn agos i bentrefi Mynachlog-ddu a Llangolman ar y ffin rhwng sir Benfro a sir Gaerfyrddin oedd yr un gyntaf i'w dinistrio, 13 Mai 1839.

Adroddir llawer o hanesion am helyntion y terfysgwyr – 'Merched Beca', fel y gelwid hwy. Eu harweinydd a'u hysbrydoliaeth oedd 'Beca' ei hun, a gâi ei phortreadu gan rai o'r arweinwyr lleol. Mewn ambell ardal gwisgai Beca ŵn gwyn a gwallt gosod wedi ei wneud o rawn ceffyl. Mewn ardaloedd eraill ymddangosai fel hen wreigan ddall yn cario ffon. Cyn malu'r glwyd byddai defod a ddechreuai gyda'r geiriau: 'Fy mhlant i, mae rhywbeth ar fy ffordd, fedra i ddim mynd yn fy mlaen.' Y Beca a arweiniodd yr ymosodiad ar dollborth Yr Efail Wen ydoedd Thomas Rees, Carnabwth, 'Twm Carnabwth', Mynachlog-ddu. Roedd yn gawr o ddyn a dywedir iddo fethu â chael dillad digon o faint nes cael benthyg rhai gan 'Beca Fawr' o Langolman. Dyna pam, meddai rhai, y dechreuwyd galw'r enw Beca ar y terfysgwyr. Y mae'n fwy tebygol, fodd bynnag, mai tarddiad yr enw yw adnod yn Llyfr Genesis, XXIV, 60: 'A hwy a fendithiasant Rebeca, ac a ddywedasant wrthi, Ein chwaer wyt, bydd di fil fyrddiwn, ac etifedded dy had byrth ei gaseion.'

Cyn diwedd 1843 yr oedd tollbyrth wedi'u dinistrio ymhob un o dair sir y de orllewin a hefyd yn siroedd Morgannwg, Brycheiniog a Maesyfed. Yn fuan wedyn, fodd bynnag, o ganlyniad i Gomisiwn Ymchwil, sefydlwyd Byrddau Ffyrdd i arolygu'r holl dollbyrth yn Ne Cymru a gostyngwyd eu nifer yn sylweddol a lleihau'r tollau.

49 YR EFAIL WEN

50 CAPEL SANT GOFAN

50

Capel Sant Gofan, Sir Benfro

Saif Capel bach Sant Gofan mewn hafn yn nannedd y creigiau ar arfordir deheuol Sir Benfro. Y mae rhes hir o risiau wedi'u cerfio o'r graig yn arwain i lawr at yr adeilad hynafol ac anarferol hwn ac y mae'n gred boblogaidd fod nifer y grisiau'n amrywio, gan ddibynnu a yw'r person sy'n eu cyfrif yn cerdded i lawr neu i fyny.

Cerrig yw deunydd yr allor a'r meinciau. Yn y mur dwyreiniol ceir drws sy'n arwain at hollt yn y graig ar ffurf corff dyn. Pan oedd Sant Gofan yn ffoi rhag ei erlidwyr paganaidd dywedir i'r hafn agor yn wyrthiol ac yna cau drachefn er mwyn ei guddio o olwg ei elynion. Wedi iddynt fynd rhagddynt ar eu taith, agorodd y graig eilwaith. Dywedir y bydd unrhyw ddymuniad a wneir tra'n sefyll yn yr agen ac yn wynebu'r mur yn cael ei wireddu, ond rhaid peidio ag ailfeddwl cyn troi. Honnir mewn un chwedl i Grist ei hun ymguddio unwaith yn yr hollt a bod ôl ei gorff ar y graig hyd heddiw. Ffodd i'r capel pan erlidiwyd ef gan yr Iddewon.

Yr oedd Cloch Sant Gofan yn crogi gynt uwchben to'r capel, medd yr hanes, ac yn canu ar brydiau heb i neb na dim ei chyffwrdd. Y mae ffynnon rinweddol Sant Gofan ychydig yn is na'r capel. Bu'n hen gred hefyd fod y clai coch yn y creigiau cyfagos yn iachusol at wella llygaid briw.

Yn ôl un traddodiad, disgybl i Ddewi Sant oedd Gofan. Honnir gan draddodiad arall mai lleidr ydoedd a ffodd i'r fangre hon er diogelwch ac a gododd y capel er clod i Dduw am gael ei achub pan agorodd y graig i'w guddio. Yn ôl traddodiad mwy rhamantus, dywedir mai un o farchogion y Brenin Arthur oedd Gofan a ddaeth yma ar ôl marwolaeth Arthur i fyw bywyd meudwyaidd. Sail y gamdybiaeth hon yw'r tebygrwydd rhwng Gofan, enw'r sant, a Gawain a Gauvain, ffurfiau Saesneg a Ffrangeg ar enw Gwalchmai fab Gwyar, y marchog.

51

Caerfyrddin

Enw'r Rhufeiniaid ar eu caer ger tref bresennol Caerfyrddin ydoedd *Moridunum* ('caer y môr'). Yn Gymraeg daethpwyd i'w galw'n Gaerfyrddin, gan dybio mai enw person oedd Myrddin, yn hytrach na datblygiad naturiol o'r Lladin. Felly y daeth Chwedl Myrddin, y dewin, a fu mor boblogaidd yn y gwledydd Celtaidd ac ar y Cyfandir i'w chysylltu â'r dref hon yn ne orllewin Cymru.

Yn y fersiwn Gymraeg ar y chwedl, sy'n seiliedig ar thema gynnar y 'Dyn Gwyllt o'r Coed', y mae Myrddin ar ôl cael ei orchfygu ym Mrwydr Arfderydd (Arthuret, ger Carlisle) yn y flwyddyn 573 yn colli'i bwyll ac yn ffoi i Goed Celyddon yn Ne'r Alban (lle roedd y Gymraeg bryd hynny'n cael ei siarad). Tra'n crwydro mewn trueni am hanner can mlynedd heb neb yn gwmni iddo ond un mochyn bychan ac anifeiliaid gwylltion eraill daeth yn broffwyd. O'r nawfed ganrif ymlaen mynegwyd ei broffwydoliaethau mewn cerddi yr honnwyd iddynt gael eu cyfansoddi gan Fyrddin ei hun. Cynhwyswyd llawer o'r cerddi hyn yn *Llyfr Du Caerfyrddin* a ysgrifennwyd oddeutu 1250.

Y mae'r mwyafrif o'r traddodiadau diweddar am Fyrddin yn ymwneud â thref Caerfyrddin a'r cyffiniau. Ceir cerrig sy'n gysylltiedig â'i broffwydoliaethau a bu Derwen Myrddin am flynyddoedd yn cael ei gwarchod yn ofalus gan awdurdodau'r dref. Y mae gweddillion ei boncyff bellach yn cael ei arddangos yn yr Amgueddfa Sirol, er bod un neu ddau o'r trigolion o hyd yn pryderu beth i'r dderwen gael ei symud, o gofio'r hen gred na ddeuai dim da i'r dref pe diflannai'r pren, a chofio hefyd broffwydoliaeth Myrddin:

> *Llan-llwch a fu,*
> *Caerfyrddin a sudd,*
> *Abergwili a saif.*

Yn ôl un traddodiad y mae'r pen-ddewin yn fyw o hyd mewn ogof ym Mryn Myrddin, ger Abergwili, oddeutu dwy filltir o'r dref, yn cael ei gaethiwo am byth mewn cadwynau hud gan wraig y bu unwaith yn ei charu. Dywedir bod rhai pobl gynt ar adegau arbennig o'r flwyddyn yn arfer ei glywed yn galaru oherwydd ei ffolineb yn datgelu cyfrinach ei swynion i wraig. Yn ôl traddodiad arall, y mae gan Fyrddin efail danddaearol yn y bryn hwn a chredai pobl unwaith y gellid clywed sŵn tincial y gofaint wrth eu gwaith – dim ond ichi glustfeinio'n ddigon agos i'r ddaear.

52 CYDWELI

52

Cydweli, Sir Gaerfyrddin

Cysylltir Castell Cydweli ag un o arwresau hanes Cymru, sef Gwenllian, merch Gruffudd ap Cynan, Brenin Gwynedd, a gwraig Gruffydd ap Rhys Tewdwr, brenin olaf y Deheubarth. Yn sgîl marwolaeth Harri'r I yn 1135 gwrthryfelodd arglwyddi De Cymru yn erbyn y Normaniaid a oedd wedi ymsefydlu yno. Ond tra oedd Gruffydd ap Rhys Tewdwr yng Ngwynedd yn ceisio cymorth gan dad Gwenllian ymosododd y Norman, Maurice de Londres, ar diroedd Gruffydd. Yn absenoldeb ei gŵr arweiniodd Gwenllian filwyr y Deheubarth yn erbyn y Norman. Cyfarfu'r ddwy fyddin ar Fynydd y Garreg, ger Castell Cydweli, ond lladdwyd Gwenllian (1136) mewn man a adwaenwyd byth wedyn yn Faes Gwenllian. Lladdwyd ei mab, Morgan, hefyd a chipiwyd ei mab arall, Maelgwn, yn garcharor.

Am ganrifoedd wedyn aflonyddid ar y fan lle lladdwyd Gwenllian gan ysbryd gwraig heb ben ganddi. Un noson olau leuad mentrodd gŵr o'r ardal ei chyfarch gan ei hannog i ddweud, yn enw Duw a Christ, beth a fynnai. Atebodd hithau na allai orffwys hyd oni ddeuai o hyd i'w phen ac erfyniodd ar y dyn i'w chynorthwyo. Am dair noson y bu'n chwilio amdano, a'r drydedd noson cafodd hyd iddo a'i roi yn ôl iddi. Ni welwyd ysbryd Gwenllian byth wedyn yn crwydro hyd Fynydd y Garreg ac ochrau Castell Cydweli.

53

Tre Rheinallt, Sir Forgannwg

Ar Fynydd Cefn Bryn, ger Tre Rheinallt, ym Mhenrhyn Gŵyr, saif carreg fawr a elwir Coeten Arthur.

Nid oes yr un person hanesyddol wedi chwarae rhan amlycach yn llên gwerin Cymru na'r Brenin Arthur – arweinydd milwrol y Brytaniaid a oedd yn byw tua diwedd y bumed ganrif a dechrau'r chweched. Erbyn y seithfed a'r wythfed ganrif fe'i hystyrid y rhyfelwr mwyaf ardderchog – *dux bellorum* ('y cadlywydd mewn brwydr', fel y disgrifir ef gan Nennius(?) yn ei *Historia Brittonum* (*c.* 800). Ef oedd pen amddiffynnydd y Brytaniaid yn erbyn ymosodiadau'r Sacsoniaid o'r Cyfandir, yn arbennig yn Nwyrain a De Ddwyrain Prydain. Yn ddiweddarach tadogwyd arno fwy a mwy o gampau rhyfeddol ac yr oedd y rhain, bid siŵr, yn rhan ganolog o gynhysgaeth storïwyr Cymru yn y Canol Oesoedd fel y buont wedi hynny.

Am ganrifoedd y mae cerrig anghyffredin o bob math wedi ennyn chwilfrydedd naturiol dyn ac wedi rhoi cyfle iddo wneud defnydd llawn o'i ddychymyg byw i geisio esbonio'r anesboniadwy. Cewri a chawresau, meddir, a fu'n cario'r cerrig hyn neu eu taflu o bellter anhygoel. Un o'r cewri oedd Arthur fawr ei hun, a'r enw a roddir gan amlaf ar gerrig a gysylltir ag ef yw 'Coeten' neu 'Coetan Arthur'. Dywedir nad oedd y garreg anferth ar Fynydd Cefn Bryn yn ddim namyn carreg bitw fach yn ei esgid. Yr oedd ar ei daith i Frwydr Camlan pan deimlodd y garreg yn ei frifo a thaflodd hi bellter o saith milltir a mwy. (Ym Mrwydr Camlan y clwyfwyd Arthur yn angheuol. Dyddiad y frwydr, yn ôl y cronicl *Annales Cambriae*, ydoedd 537.)

Hyd at ddiwedd y bedwaredd ganrif ar bymtheg arferai merched ieuanc lleol gyfarfod o gylch y garreg am hanner nos pan fyddai'r lleuad yn llawn. Gosodent arni deisen wedi ei pharatoi o flawd haidd, mêl a llefrith. Yna, er mwyn profi ffyddlondeb eu cariadon, cropient ar eu dwylo a'u pengliniau dair gwaith o amgylch y garreg. Os oedd y cariadon yn ffyddlon, y gred oedd y byddent yn siŵr wedyn o ymddangos iddynt yn fuan.

54 CASTELL PENNARD

54

Castell Pennard, Sir Forgannwg

Y mae Castell Pennard ym Mhenrhyn Gŵyr, a fu unwaith yn gartref i Rhys ap Iestyn, heddiw'n adfeilion yng nghanol y twyni tywod. Dywed y chwedl i dywysog o Ogledd Cymru roi ei ferch yn wraig i Rhys fel gwobr am ei ddewrder mewn brwydr. Ar noson y briodas a phawb yn dathlu clywyd sŵn miwsig hyfryd y tu allan i furiau'r castell. Yng ngolau'r lleuad gwelwyd nifer o Dylwyth Teg yn dawnsio ar y glaswellt ger porth y castell, ond yn ei fedddod gorchmynnodd Rhys i'w filwyr eu herlid ymaith. Synnodd ei wraig yn fawr at greulondeb ei gŵr a'i rybuddio y byddai trychineb yn siŵr o ddilyn oni châi'r bodau bach aros. Ateb yn haerllug ddigon a wnaeth Rhys, fodd bynnag, a dweud nad oedd ef yn ofni neb o'r byd hwn nac unrhyw fyd arall. Yng nghwmni y dewraf o'i filwyr aeth allan i ymosod ar y Tylwyth Teg. Ond ni chyffyrddwyd ag un ohonynt. Diflanasant o'r golwg, fel niwl y bore.

Yna, yn sydyn, dyma lais uchel yn rhybuddio: 'Yr wyt yn dy drachwant wedi dinistrio ein difyrrwch diniwed, dywysog balch. Difethir dy gastell a'th dref cyn bo hir.' Ac ar unwaith cododd storm ofnadwy o dywod gan gladdu'r castell, y dref a'r holl drigolion.

Seiliwyd y chwedl hon mae'n debyg ar gof gwerin am frwydr barhaus y castell i wrthsefyll y tywod a chwythai o'r môr. Y tywod yn y diwedd a'i trechodd yn yr unfed ganrif ar bymtheg. Yn wir, yn ystod y tri chan mlynedd y bu pobl yn byw yn y castell dywedir mai dyma'r unig frwydr fawr a fu yn ei erbyn.

55

Ogof Craig y Dinas, Sir Forgannwg

Un tro roedd porthmon o Gymro yn cerdded ar hyd Pont Llundain â ffon o bren collen yn ei law. Cyfarfu â dewin a ofynnodd iddo ei arwain i'r fan lle roedd y goeden y torrwyd y ffon ohoni yn tyfu. Gwnaeth hynny ac wrth fôn y goeden darganfuwyd llwybr cudd yn arwain at ogof a adwaenir heddiw fel Ogof Craig y Dinas, ger Pontneddfechan, yng Nghwm-nedd.

Yn y fynedfa i'r ogof yr oedd cloch fawr a thu mewn i'r ogof yr oedd y Brenin Arthur a'i farchogion yn cysgu a dau dwr o aur ac arian wrth eu hymyl. Dywedodd y dewin wrth y Cymro y gallai gymryd faint a fynnai o'r aur a'r arian, ond rhybuddiodd ef nad oedd ar boen ei enaid i gyffwrdd â'r gloch. Pe cyffyrddai â hi yn ddamweiniol byddai un o'r marchogion yn deffro ac yn gofyn: 'A ddaeth y dydd?' Roedd yntau i ateb: 'Na, ddim eto, dos yn ôl i gysgu.' Ddwywaith y bu'r Cymro yn rhy drachwantus, gorlwythodd ei hun ag aur ac arian, a chyffyrddodd â'r gloch. Ond bob tro cofiodd yr ateb cywir. Y trydydd tro, fodd bynnag, bu'n rhy hwyr yn ateb. Deffrôdd y marchogion ac fe'i curwyd yn ddidrugaredd fel y bu'n gripl am weddill ei oes. Ni ddaeth ef na'r un o'i gyfeillion byth wedyn o hyd i fynedfa'r ogof.

Un fersiwn yw'r uchod ar chwedl fyd-eang sy'n seiliedig ar thema'r 'arwr diflanedig nad yw'n marw'. Ar adegau o argyfwng yn arbennig byddai beirdd a storïwyr o'r nawfed ganrif hyd y bymthegfed ganrif yn ceisio codi calon eu cydwladwyr ac ail-ennyn ysbryd gwladgarol drwy broffwydo deffroad newydd a dyfodiad y 'Mab Darogan' hirddisgwyliedig a oedd i arwain ei bobl unwaith eto i fuddugoliaeth. Disgwylient i'w hymwared rai o arwyr hynod yr oes a fu: Cynan, Cadwaladr, neu Owain. Daeth pobl i led-gredu nad oedd yr arwyr rhyfeddol hyn wedi marw. Cysgu yr oeddent mewn ogof yn aros y dydd i'w galw eto i'r gad. Mewn traddodiad gwerin Cymraeg diweddarach y prif arwr sydd ynghwsg yw Arthur. Ceir ogofeydd sy'n gysylltiedig ag ef yn Eryri, Llanllyfni a Llanuwchllyn, Gwynedd; Caerllion, Gwent; Dyffryn Tywi, Sir Gaerfyrddin; a Llantrisant, Ystradyfodwg a Phontneddfechan, Morgannwg. Gelwir rhai o'r ogofeydd hyn, yn arbennig y rhai yn Ne Cymru, wrth yr enw 'Ogof Craig y Dinas'. Gelwir eraill yn syml yn 'Ogof Arthur'.

Mewn rhai fersiynau sy'n gysylltiedig ag ogofeydd ym Morgannwg, yn arbennig, yr arwr sydd ynghwsg yw Owain Glyndŵr (*c.* 1354–*c.* 1416). Mewn fersiynau eraill, er enghraifft ogofeydd yn Nhroed-yr-aur a Llandybïe, yr arwr yw Owain ap Thomas ap Rhodri, 'Owain Lawgoch' (*c.* 1300–78).

56

Llangynwyd, Sir Forgannwg

Ym Mhlwyf Llangynwyd yn Nhir Iarll, ger Maesteg, yr oedd hen blas Cefn Ydfa, sydd bellach yn adfail. Dyma gartref Ann Thomas (1704–27), 'Y Ferch o Gefn Ydfa', ac y mae ei stori ramantus a thrist yn gyfarwydd iawn. Gorfodwyd hi gan ei rhieni o'i hanfodd i briodi cyfreithiwr cefnog o'r enw Anthony Maddocks. Ond Wil Hopcyn oedd cariad Ann, llanc cyffredin o'r ardal, töwr a phlastrwr a bardd. Wedi i Ann briodi, dywedir i Wil adael y plwyf yn ei siom a'i hiraeth ond iddo ddychwelyd yn fuan ar gais taer ei gariad pan oedd hi'n wael iawn. Bu farw hithau o dorcalon yn ei freichiau yn dair ar hugain oed. I Ann, medd yr hanes, y cyfansoddodd Wil Hopcyn y gerdd hyfryd 'Bugeilio'r Gwenith Gwyn'. Claddwyd Ann Maddocks yn Eglwys Llangynwyd ac yno hefyd y mae bedd Wil Hopcyn. Bu ef farw yn 1741 yn 47 mlwydd oed.

Ychwanegwyd llawer at ramant stori Ann a Wil Hopcyn gan Isaac Craigfryn Hughes yn ei nofel *The Maid of Cefn Ydfa* (1881). Bellach, fodd bynnag, y mae haneswyr yn amau a oes sail hanesyddol o gwbl i'r stori. Er i fardd o'r enw Wil Hopcyn fyw yn ardal Llangynwyd, nid oes tystiolaeth bendant i awgrymu ei fod mewn cariad ag Ann Thomas, na chwaith mai ef oedd awdur y gân. Ac eto, ym Mhlwyf Llangynwyd heddiw a llawer plwyf arall yng Nghymru, y mae rhamant trist Wil Hopcyn a'r Ferch o Gefn Ydfa mor fyw ag erioed.

57

Llanwynno, Sir Forgannwg

Rhedwr hynotaf Cymru erioed, yn ôl traddodiad, oedd Griffith Morgan, 'Guto Nyth Brân' (1700–37). Fe'i ganed yn Llwyn Celyn, ger Hafod, Pontypridd, ond symudodd yn ifanc gyda'i rieni i dyddyn cyfagos o'r enw Nyth Brân ym mhlwyf Llanwynno.

Adroddir storïau lawer am gampau anhygoel Guto fel rhedwr. Er pan oedd yn hogyn ifanc ni allai neb gyd-redeg ag ef, a gallai ddal defaid ar y mynydd unrhyw adeg. Ambell waith arferai ei fam ei anfon yn gynnar yn y bore i Aberdâr i mofyn burum. Gadawai'r tŷ pan roddai hi'r tecell ar y tân gogyfer ag amser brecwast. Dychwelai mewn pryd cyn i'r tecell ferwi! Anfonwyd Guto unwaith gan ei dad i'r mynydd i gasglu'r defaid. Daeth â hwy i gyd at y tŷ yn ddiogel mewn amser byr iawn, heb gymorth yr un ci o gwbl. 'Gefaist ti drafferth?' gofynnodd ei dad iddo. 'Na', atebodd yntau, 'yr unig drafferth gefais i oedd gydag un hen ddafad goch. Ond pan ddaliais hi mi welais mod i wedi bod yn rhedeg ar ôl sgwarnog!' Pan âi Guto i hela llwynog cyd-redai bob amser gyda'r cŵn. Cysgai yn aml ar domen dail, gan gredu bod hynny'n atgyfnerthu'i goesau.

Llawer ras a enillodd. Yn wir, nid oedd neb erioed wedi'i guro. Y mae un stori yn honni iddo redeg ras â cheffyl cyflym gŵr bonheddig o Geredigion ac ennill. Ond ei ras enwocaf oedd ei ras olaf un. Fe'i heriwyd gan Sais o'r enw Prince i redeg ras, am swm mawr o arian, ddeuddeg milltir o Gasnewydd-ar-Wysg, yng Ngwent, i Eglwys Bedwas, ger Caerffili. Dywedir i Guto loetran ar y ffordd i siarad â'i gefnogwyr, ac eto, er i'w wrthwynebwyr osod darnau o wydr toredig ar ei lwybr, rhedodd yr holl bellter mewn 53 munud ac ennill y ras. 'Siân o'r Siop' oedd un o'i edmygwyr pennaf. Ar ddiwedd y ras rhedodd ato'n llawn gorfoledd a churo'i gefn i'w longyfarch. Eiliadau'n ddiweddarach syrthiodd Guto'n farw o drawiad ar y galon.

Claddwyd ef ym mynwent Llanwynno a cherfiwyd llun calon ar garreg ei fedd yn ddiweddarach i atgoffa pobl o'r modd y bu farw. Cyfansoddwyd baledi i Guto Nyth Brân gan y beirdd I. D. Hooson a Harri Webb.

58

Gilfach Fargoed, Sir Forgannwg

Ers talwm nid oedd fro yng Nghymru a mwy o Dylwyth Teg yn byw ynddi na Chwm Rhymni. Bob nos olau leuad byddent i'w gweld yn dawnsio a chanu heb boen na galar o fath yn y byd. Ond yna daeth hen gawr mawr creulon i fyw i Gilfach Fargoed mewn twr uchel a gardd o'i amgylch. Distawodd cân y Tylwyth Teg ac ni welai neb hwy'n dawnsio mwyach. Llechent yn eu cuddfannau mewn ofn a dychryn. Roedd gan y cawr ffon anferth a neidr wenwynig wedi ymgordeddu amdani. Pan ddaliai un o'r Tylwyth Teg, byddai'n ei ladd a'i fwyta.

Yr oedd un llanc ifanc wedi colli'i dad a'i fam a bu'n pendroni'n hir pa fodd i ladd y cawr. O'r diwedd penderfynodd ar gynllun ac aeth at frenhines y Tylwyth Teg i sôn amdano.

Oherwydd mai un o'r Tylwyth Teg ydoedd gallai siarad iaith yr adar, ac un noson aeth at y dylluan a drigai mewn derwen ym Mhencoed Fawr, Bedwellte, i ofyn am ei chymorth. A dyma'r cynllun. Yr oedd y cawr yn cyfarfod o dan goeden afalau fawr y tu allan i'w ardd bob nos bron i garu â gwrach. Roedd adar eraill i gynorthwyo'r dylluan i osod bwa saeth ar y goeden, er bod ofn mawr arnynt, a'r dylluan ei hun i ollwng y saeth pan gyrhaeddai'r cawr. Un noson roedd y cawr yn ei fan arferol o dan y goeden, ond roedd y wrach yn hwyr yn cyrraedd yno ac aeth y cawr i gysgu. Tra oedd yn cysgu daeth y dylluan, gollyngodd y saeth a lladdwyd y cawr. Wedi hynny ehedodd y dylluan yn ôl i Bencoed Fawr yn llawen dan ganu.

Toc cyrhaeddodd y wrach. Doedd dim ofn ar yr adar bellach a dyma nhw'n ymosod arni'n ffyrnig a'i lladd. Cyn marw, fodd bynnag, tyngodd y byddai pob afal a dyfai ar bren y tu allan i ardd byth wedyn yn sur. A dyna paham, medd yr hanes, fod afalau surion i'w cael hyd y dydd heddiw.

Wedi lladd y cawr a'r gawres bu farw'r neidr hefyd yn fuan gan ofn. Claddodd y llanc ifanc hi a phlannu blodau ar ei bedd, a'r enw a roddwyd ar y blodau hynny byth wedyn ydoedd 'Blodau'r Neidr' (*Silene dioca*.)

Roedd gan y cawr lawer iawn o aur ac arian yn ei dŷ a rhannwyd y trysor gan y frenhines rhwng y Tylwyth Teg. Aeth tua dwsin ohonynt i ffermio yn agos i gartref y cawr. Ond ni allent aros yno'n hir – roedd corff y cawr yn drewi. Aed ati ar unwaith i gloddio pwll mawr i'w gladdu. Ond roedd yr aroglau cas i'w glywed o hyd, a dyna un ohonynt yn awgrymu llosgi'i gorff. A dyna wnaed, ond aeth y pwll i gyd ar dân a bu raid cario dŵr am hydoedd. Pan ddiffoddwyd y fflamau gwelsant fod ochrau'r pwll yn graig ddu, risialog. Cariwyd peth ohoni i'w tai a chawsant dân ardderchog i gynhesu'u cartrefi. A dyna sut, medd yr hanes, y darganfuwyd glo am y tro cyntaf yng Nghwm Rhymni.

Wedi lladd y cawr a'r gawres byddai'r dylluan yn dod bob noson olau leuad o Bencoed Fawr i Gilfach Fargoed i ddathlu a llawenhau, ac y mae ei disgynyddion yno hyd y dydd heddiw yn parhau cân gorfoledd yr adar oherwydd fod eu cyfeillion, y Tylwyth Teg, unwaith eto yn dawnsio a chanu yng Nghwm Rhymni.

59 CASTELL OGWR

59
Castell Ogwr, Sir Forgannwg

Roedd trysor yng Nghastell Ogwr gynt yn cael ei warchod gan Ladi Wen. Un tro mentrodd dyn dewrach na'r cyffredin at yr ysbryd. Arweiniodd y Ladi Wen ef i waelod tŵr y Castell a'i orchymyn i godi carreg fawr oedd ar y llawr. Gwnaeth hynny a chanfu grochan yn llawn tameidiau aur. 'Cymer eu hanner,' medd yr ysbryd, 'a gad y gweddill i mi.' Gwnaeth yntau hynny a rhoi'r garreg yn ôl yn ei lle.

Ymhen rhai nosweithiau daeth awydd ar y dyn am gael y gweddill o'r aur. Aeth i'r castell a llenwi'i bocedi. Ond fel yr oedd ar fin ymadael ymddangosodd y Ladi Wen a'i gyhuddo o ddwyn. Ymosododd arno, a'r tro hwn roedd ganddi grafangau miniog, ac fe'i curwyd yn ddidrugaredd. Cyrhaeddodd adref, ond clafychodd yn fuan wedyn, a chyn marw cyffesodd ei gamwedd. Enw ei gyfeillion ar ei salwch ydoedd: 'Dial y Ladi Wen'.

Yr oedd hen gred pe bai person yn marw heb ddatgelu trysor cudd, na allai'r person hwnnw orffwys yn dawel. Ymddangosai ei ysbryd i drwblu'r byw ac i ofyn am eu cymorth i ddychwelyd y trysor i'w berchennog, neu i'w daflu i afon – gyda'r lli. Pe teflid ef yn erbyn y lli ni allai'r ysbryd orffwys. Ceir nifer o hanesion am ysbrydion ger Castell ac Afon Ogwr – rhai ohonynt yn chwilio am drysor cudd.

Yr oedd Barbra, gwraig Iorwerth, teiliwr o Lanilltud Fawr, yn ddynes radlon, iach hyd nes iddi ddechrau cael ei phoeni gan ysbryd ei mam-yng-nghyfraith. Cyn marw roedd yr hen wraig wedi gadael cydaid o arian i Barbra i'w rannu rhwng y teulu, ond am flynyddoedd ni chymerodd hi arni fod yr arian ganddi. O'r diwedd cytunodd i gyflawni dymuniad yr ysbryd. Roedd yr arian i'w daflu i Afon Ogwr – gyda'r llif. Yn ei hofn a'i ffwdan taflodd Barbra yr arian yn erbyn llif yr afon. Am ei blerwch, poenwyd hi a'i theulu gan yr ysbryd am flynyddoedd wedyn.

60

Pen-marc, Sir Forgannwg

Oblith y storïau difyr a niferus sy'n ymgais i egluro ystyr enwau lleoedd yng Nghymru (storïau onomastig) ceir nifer sy'n ymwneud ag anifeiliaid (er enghraifft, yr Ychen Bannog a'r Afanc, eitem 38). Enghraifft ddiddorol arall yw'r stori a ganlyn sy'n gysylltiedig â dau enw yng Ngheredigion a De Morgannwg.

Yr oedd gan un o dywysogion Gogledd Cymru geffyl nodedig iawn – y cryfaf a'r cyflymaf yn y deyrnas, a hwn oedd y march a ddefnyddid i gludo negeseuon brys a phwysig i'r Brenin Arthur yn ei lys yng Ngwlad yr Haf. Un tro teithiodd mor gyflym nes syrthio'n farw mewn man a elwir hyd heddiw yn Gefn-march, ar weirglodd yng Nghilfachreda, ger Ceinewydd, Ceredigion. Ond parhaodd pen y ceffyl i deithio nes disgyn mewn man a alwyd yn Ben-march ac a Seisnigeiddiwyd wedi hynny yn Benmark, sy'n bentref heddiw rhwng Y Barri a'r Bont-faen ym Mro Morgannwg.

Yn ôl traddodiad arall, llai adnabyddus, dywedir mai March ap Meirchion, y brenin a chlustiau ceffyl ganddo, a roes ei enw i Ben-march(c). (Gweler eitem 8.)

60 PEN-MARC

61 CASTELL COCH

61
Castell Coch, Sir Forgannwg

Saif Castell Coch ar fryn coediog uwchben pentref Tongwynlais ac yn agos i'r briffordd (A470) sy'n arwain o Gaerdydd i Bontypridd a Merthyr Tudful. Fe'i hadeiladwyd yn 1872, yn ôl cynllun William Burges ac yn arddull ramantaidd Oes Victoria, i drydydd Ardalydd Bute, ac ar safle caer a godwyd yn y drydedd ganrif ar ddeg gan Gilbert de Clare, Arglwydd Morgannwg.

Cyn hynny yn yr Oesoedd Canol yr oedd castell arall ar yr un safle a oedd yn eiddo i Ifor ap Cadifor, 'Ifor Bach' (*fl.* 1158), Arglwydd Senghennydd, Morgannwg. Yn 1158 ymosododd ef ar Gastell Caerdydd gan gipio William, Iarll Caerloyw, ei wraig a'u mab a gwrthod eu rhyddhau nes i William gytuno i ddychwelyd y tiroedd yr oedd wedi'u dwyn. Er na wyddom lawer am Ifor Bach, tybir ei fod yn arweinydd enwog am ei ddewrder, a dywedir iddo frolio unwaith y gallai y deuddeg cant o'i wŷr ef drechu unrhyw ddeuddeng mil o'r gelyn.

Yn ôl traddodiad y mae trysor Ifor Bach yn cael ei warchod ddydd a nos gan dri eryr mawr ffyrnig mewn cell danddaearol yng Nghastell Coch ar flaen twnel sy'n arwain i Gastell Caerdydd. Ar adegau neilltuol o'r flwyddyn yr oedd eu sgrechiadau annaearol yn ddychryn i'r holl gymdogaeth a chlepian eu hadenydd fel sŵn taranau. Yn yr ail ganrif ar bymtheg a'r ddeunawfed ganrif mentrodd minteioedd o wŷr arfog i'r castell i geisio dinistrio'r eryrod, ond methiant fu pob ymdrech. Ymosodwyd arnynt yn ddidrugaredd – hyd yn oed y minteioedd hynny yr oedd yr offeiriad wedi bendithio'u harfau. Ni lwyddodd – ac ni lwydda – yr un person i symud ymaith yr eryrod, meddir, oherwydd eu bod yn y castell i warchod trysor Ifor Bach hyd nes y dychwel drachefn gyda'i 'ddeuddeg cant o wŷr Morgannwg'.

62

Casnewydd-ar-Wysg, Sir Fynwy

Saif tref Casnewydd-ar-Wysg yn hen gantref Gwynllwg. Dyma unwaith gartref Gwynllyw Filwr. Yn ôl un dystiolaeth yr oedd yn ŵr bucheddol. Yn ôl tystiolaeth arall, dyn drwg iawn ydoedd. Roedd wedi cipio Gwladus, un o bedair merch ar hugain honedig Brychan Brycheiniog, a'i phriodi yn groes i ewyllys ei thad. Ger aber Afon Gwy ceir hafn a elwid Pwll Gwynllyw lle'r angorai Gwynllyw ei gwch hir. Fe'i defnyddiai i ymosod ar longau a llongwyr a dwyn eu nwyddau.

Yn ofer y ceisiai Gwladus a'u mab sanctaidd Cadog (Sant Cadog o Lancarfan) wella buchedd Gwynllyw. Ond un noson mewn breuddwyd dywedwyd wrtho am fynd i ben bryn arbennig ac y gwelai yno ychen gwyn a seren ddu ar ei dalcen. Y bore canlynol, er mawr syndod iddo, gwelodd yr ychen â seren ddu ar ei dalcen ar yr union fryn. Dychrynodd yn arw iawn. Sylweddolodd mai neges oddi wrth Dduw oedd y freuddwyd, ac o'r dydd hwnnw daeth yn Gristion a chysegru ei fywyd i wasanaethu eraill. Ar y bryn a welodd yn ei freuddwyd (Stow Hill, yng Nghasnewydd) adeiladodd eglwys, ac yma heddiw y saif Eglwys Gadeiriol Sant Gwynllyw, 'Saint Woolo's'.

Dywedir y deuai trychineb i ran unrhyw un a feiddiai halogi'r fan gysegredig hon. Un tro pan aeth lladron ati i dorri cosyn caws a ladratawyd ganddynt o'r eglwys, llifodd gwaed ohono. Dro arall, pan oedd criw o fôr-ladron a ysbeiliodd yr eglwys yn hwylio ymaith, cododd yn storm enbyd. Gwelsant Sant Gwynllyw yn eu herlid, gan farchogaeth y gwynt, a gorfodwyd hwy i ddychwelyd yr holl drysorau.

62 CASNEWYDD-AR-WYSG

63
Rhisga, Sir Fynwy

Flynyddoedd lawer yn ôl taer ddymuniad trigolion Rhisga oedd am gael tywydd braf gydol y flwyddyn. Roeddent wedi sylwi ei bod yn dywydd braf bob tro roedd y gog yn oedi yn y fro. Dyma hwy'n maentumio, felly, mai'r aderyn hwn oedd yn gyfrifol am ddod â hindda, ac er mwyn cadw'r gog am y flwyddyn gyfan, dyma fynd ati ar unwaith i godi gwrychoedd uchel o amgylch y dre yn barod pan ddeuai. Cyrhaeddodd yn y man, ond er mor uchel yr oedd y gwrychoedd, hedfan drostynt a wnaeth y gog! Unig ymateb pobl ddiniwed Rhisga oedd gofidio na fuasent wedi codi'r gwrychoedd yn uwch! A dyna sut y cafodd trigolion y dre, medden nhw, eu llysenwi yn 'Gogau Rhisga', 'The Cuckoos of Risca'.

Fersiwn ar stori werin gydwladol yw hon a gysylltir, er enghraifft, â thrigolion pentref Dolwyddelan, Gwynedd. 'Cogau Dolwyddelan' yw eu llysenw hwythau. Y fersiwn enwocaf yn Lloegr yw'r stori am Gogau Pent.

I'r gogledd o Risga ceir hen gaer ar fryn uchel o'r enw Twmbarlwm. Bu'n destun chwedlau a thraddodiadau lawer. Ar y bryn hwn gynt bu brwydr ffyrnig rhwng cacwn a gwenyn meirch. Pan chwythai'r gwynt o gyfeiriad arbennig dywedir y byddai'r bugeiliaid yn clywed seiniau hyfryd 'organ y mynydd'. Ar gopa'r bryn hwn hefyd, yn ôl yr hanes, y cynhaliai'r Derwyddon eu llysoedd. Pe dedfrydid drwgweithredwyr i farw fe'u teflid i'r dyffryn islaw, a dyna sut y cafodd yr enw Dyffryn y Gladdfa.

Arferion Gwerin Cymru

Bu cysylltiad agos erioed rhwng arferion gwerin a storïau gwerin. Y mae'r mwyafrif o arferion gwerin a llawer iawn hefyd o storïau gwerin (chwedlau yn arbennig) yn seiliedig ar goelion gwerin. Yr oedd coel, er enghraifft, fod y Tylwyth Teg yn ofni haearn. Yr oedd hefyd goel fod perygl i blentyn nas bedyddiwyd gael ei gipio ymaith gan ysbrydion drwg a'i gyfnewid am un o epil piwis y Tylwyth Teg. Y ddwy goel hyn oedd sail yr arfer o osod y procer, neu'r efail dân, ar draws crud baban heb ei fedyddio fel swyn i'w ddiogelu.

Ceir hanesion yn y traddodiad gwerin am rieni a oedd yn credu'n gydwybodol fod eu plentyn wedi cael ei gyfnewid am ewach arallfydol. Afiechyd ac ofn oedd y prif resymau am goel o'r fath. Ymhen amser daeth yr hanesion hyn am brofiadau personol goruwchnaturiol yn fwy a mwy cyffredinol a ffurfiol a chaent eu hadrodd fel chwedlau. Ceir hefyd ddolen gyswllt arbennig iawn rhwng arferion gwerin a chwedlau gwerin o ran eu cefndir cymdeithasol. Yn aml iawn yr oedd adrodd chwedlau gwerin yn rhan annatod o arferion a gwyliau gwerin, difyrion a chwaraeon.

Wrth gynllunio'r map darluniedig a gyhoeddir ar y cyd gyda'r gyfrol hon felly, er mai'r prif fwriad ydoedd cyflwyno detholiad o chwedlau gwerin, penderfynwyd hefyd gynnwys ychydig enghreifftiau o arferion gwerin yn y ddwy dalar ar y chwith a'r dde. Gydag un eithriad (llwyau serch) y maent oll yn ymwneud ag arferion tymhorol. Y mae'r rhai ar y chwith yn gysylltiedig â thymor y Nadolig, neu'r 'Gwyliau', a'r Flwyddyn Newydd, sef Hela'r Dryw, Calennig, Y Fari Lwyd a Gwaseila. Y mae'r arferion ar y dde yn gysylltiedig â Llwyau Serch, Dawnsio Haf a'r Gaseg Fedi. Yn dilyn ceir disgrifiad byr o'r arferion hyn, yn seiliedig, yn bennaf, ar gyfrol Trefor M. Owen, *Welsh Folk Customs* (1959). O'r gyfrol hon, oni nodir yn wahanol, y daw'r dyfyniadau. Y mae rhai enghreifftiau o'r gwrthrychau sy'n ymwneud â'r arferion yn cael eu harddangos yn yr orielau yn Amgueddfa Werin Cymru.

Calennig

O gyfnod cynnar iawn ac mewn llawer rhan o'r byd bu tymor y Nadolig a'r Flwyddyn Newydd yn achlysur i ddathlu a llawenhau. Bellach roedd dydd byrra'r flwyddyn wedi bod, a cheid 'addewid obeithiol am wanwyn a haf unwaith eto a dadeni ym myd natur'. Yr oedd hefyd yn adeg i fynegi dymuniadau da ar gyfer y Flwyddyn Newydd. Dyna brif nodwedd yr arfer o 'hel calennig'.

Yn gynnar ar ddydd cynta'r Flwyddyn Newydd byddai cwmnïau o blant yn mynd o dŷ i dŷ tan hanner dydd ac yn cario afal neu oren wedi'u gosod ar dair gweillen bren fer a'u haddurno â cheirch (ac weithiau resin) a sbrigyn o blanhigyn bytholwyrdd – celyn fel arfer. Canai'r plant benillion a chyfarchion i ddymuno i'r teuluoedd iechyd a llwyddiant yn ystod y flwyddyn. Derbynient hwythau yn gyfnewid ffrwythau neu ychydig geiniogau – rhai newydd, pan oedd hynny'n bosibl. Erbyn heddiw ni chynhelir yr arfer ond mewn ychydig ardaloedd yn unig ac nid yw'r plant bellach yn cario afal neu oren gyda hwy.

Y Fari Lwyd

Y mae arferion Y Fari Lwyd, Gwaseila a Hela'r Dryw yn deillio, o bosibl, o hen ddefod ffrwythlondeb gyn-Gristnogol. Fe'u cynhelid o noswyl 24 Rhagfyr hyd 6 Ionawr, ond yn gyffredinol, fodd bynnag, parhaent lawer yn hwy na'r 'deuddeg dydd o'r Gwyliau', ac yr oedd iddynt gysylltiad arbennig â Nos Ystwyll, 5 Ionawr. (Dynodai Gŵyl Ystwyll, 6 Ionawr, ddiwedd gwyliau'r Nadolig – 'distyll y gwyliau', fel y'i gelwid.) Darfu bellach am y tair arfer yn eu ffurf gyntefig, ac eithrio, o bosibl, defod Y Fari Lwyd a berfformir yn achlysurol o hyd mewn un neu ddwy ardal ym Morgannwg – Llangynwyd yn arbennig – ac ychydig rannau eraill o Gymru. Ac y mae'r arfer ar gynnydd.

Y Fari Lwyd oedd yr enw a roddid ar benglog ceffyl wedi'i addurno â rubanau. Defnyddid gwydr potel i gynrychioli'r llygaid a darnau o frethyn du i gynrychioli'r clustiau. Gosodid polyn ym mhenglog y ceffyl a'i orchuddio â chynfas wen. Byddai'r dyn a gariai'r polyn yn ymgrymu o dan y gynfas ac yn gweithredu genau'r benglog, a chwmni o ddynion yn arwain y Fari wedi iddi nosi o dŷ i dŷ. Yn ôl y Parchedig William Roberts, 'Nefydd' (*Crefydd yr Oesoedd Tywyll*, 1852, t. 15), roedd y cwmni'n cynnwys y dyn a gariai ben y ceffyl, yr 'Arweinydd', 'Sarjant', 'Meriman', a 'Phwnsh a Siwan'. Byddai'r Meriman weithiau yn chwarae'r ffidil, Siwan yn cario ysgubell, a Phwnsh a Siwan wedi'u gwisgo mewn dillad carpiog.

Fel y dynesai'r cwmni at y drws canent benillion traddodiadol a byrfyfyr i ofyn am fynediad i'r tŷ. Y mae un o'r caneuon mwyaf poblogaidd ym Morgannwg yn agor gyda'r pennill cyfarwydd a ganlyn:

> *Wel, dyma ni'n dwad*
> *Gyfeillion diniwad*
> *I 'mofyn am gennad i ganu.*

Atebai'r bobl yn y tŷ hefyd ar gân, gan esgus eu bod yn gwrthod mynediad. Yn dilyn ceid ymryson mewn penillion byrfyfyr hyd nes y rhoid caniatâd o'r diwedd i'r ymwelwyr ddod i'r tŷ. Wedi dod i mewn byddai'r Fari ar ei hunion yn ymlid y merched ieuanc, y Meriman yn chwarae'r ffidil ac yn gwneud triciau, a Siwan yn cymryd arni ysgubo'r aelwyd â'i sgubell. Pan oedd y dawnsio, y canu a'r cadw reiat ar ben câi'r ymwelwyr fwyd a diod. Wrth ymadael canent unwaith eto i ddymuno i'r teulu iechyd a llawenydd yn ystod y flwyddyn.

Y mae'n bosibl fod yr enw Mari yn ffurf ar y gair Saesneg '*mare*', caseg, neu '*mare*' fel yn '*nightmare*', yn golygu anghenfil benywaidd. Awgrym arall yw fod Mari yn gyfystyr â'r Forwyn Fair, a 'Lwyd', felly, yn golygu sanctaidd.

Gwaseila

Gall seremoni'r Fari Lwyd fod yn amrywiad ar yr hen hen arfer o waseila pryd yr ymgorfforwyd ynddi elfen o gwlt y ceffyl, o bosibl ar ffurf defod y Fair Forwyn. Canai'r gwaseilwyr hwythau benillion traddodiadol a byrfyfyr. Carient ffiol wasael hardd ac addurnedig gyda dolennau cylchog iddi. Ymwelent â thai eu cymdogion ac wedi cael derbyniad i'r tŷ byddai'r teulu yn llenwi'r ffiol â chwrw cynnes, sbeis ac weithiau afalau pôb. Trosglwyddid y ffiol o berson i berson, ac yna yn dilyn yr yfed defodol ceid dawnsio a rhagor o fwyd a diod. Wrth ymadael canai'r ymwelwyr i ddymuno i'r teulu iechyd, cnydau ffrwythlon, a chynnydd yn yr anifeiliaid ar y fferm. Cysylltid yr arfer o waseila â'r Nadolig, y Flwyddyn Newydd, Nos Ystwyll, Gŵyl Fair y Canhwyllau (2 Chwefror), a Chalan Mai.

Y mae'r ffiol wasael a ddarluniwyd ar y map yn seiliedig ar ffiol a wnaed gan Thomas Arthyr Deber, Ewenni, Morgannwg, yn 1834. Addurnwyd y gorchudd â chylchoedd ac â ffigyrau o adar ac anifeiliaid. Ar ran isaf y ffiol ceir englyn anghyflawn.

Hela'r Dryw

Y mae Edward Lhuyd (1660–1709) yn ei *Parochialia* wedi rhoi disgrifiad cynnar inni o'r arfer gydwladol a chyntefig o Hela'r Dryw.

> *Arverent yn swydh Benfro etc. dhwyn driw mewn elor nos ystwylh; odhiwrth gwr*
> *Ifank at i Gariad, sef day nae dri ai dygant mewn elor a ribane; ag a ganant gorolion.*
> *Ant hevyd i day ereilh lhe ni bo kariadon a bydh kwrw etc.*

Tystia nifer o ganeuon i boblogrwydd yr arfer hwn mewn gwahanol rannau o Gymru, ac yn arbennig yn sir Benfro. Bu'n cael ei gynnal yno hyd at ddiwedd y bedwaredd ganrif ar bymtheg. Weithiau, onid oedd dryw ar gael, defnyddid aderyn y to. Credir mai pwrpas gwreiddiol yr arfer oedd aberthu'r dryw i sicrhau ffrwythlondeb y tir a'r anifeiliaid. Yn ddiweddarach, ac yn arbennig yn ystod Satwrnalia'r Rhufeiniaid, gŵyl y goleuni, daeth y dryw bach i'w gydnabod yn frenin ar yr holl adar ac yr oedd iddo ran bwysig yn nathliadau'r Nadolig a'r Flwyddyn Newydd mewn sawl gwlad.

Gwnaed y tŷ-dryw, a addurnwyd â rubanau ac a ddarlunnir ar y map, yn 1869 gan Richard Cobb, clochydd o Farloes, Sir Benfro.

Llwyau Serch

Yr oedd cyflwyno llwyau pren cerfiedig gan wŷr ieuanc i'w cariadon fel arwydd o serch yn arfer boblogaidd iawn yng Nghymru o'r ail ganrif ar bymtheg. Y dyddiad cynharaf ar un o'r Llwyau yng nghasgliad Amgueddfa Werin Cymru yw 1667, ond y mae'n dra thebyg fod yr arfer yn hŷn o lawer na hynny.

Yr oedd cerfio llwyau i'w defnyddio mewn cartrefi yn grefft hynafol iawn, ac y mae'n bosibl fod y llwyau pren cyntaf a gyflwynwyd fel anrhegion wedi'u defnyddio gan y derbynwyr ar gyfer bwyta yn ogystal. Fodd bynnag, unwaith y peidiwyd â llunio llwyau at ddefnydd bob dydd, roedd digon o gyfle wedyn i amrywio'r gwneuthuriad yn ôl maint, ffurf ac addurn. Gan mai'r rhoddwr ei hunan a luniai'r llwy, ceisiai awgrymu maint ei gariad a'i deimlad yn y gofal a gymerai wrth ei pharatoi. Ychwanegai gymaint o addurn ag oedd yn bosibl, gan wneud y llwy yn llai a llai defnyddiol. Ymhlith y symbolau mwyaf cyffredin a gerfid ar lwyau addurnedig o'r fath ceid calonnau, angorau, tyllau-clo, peli pren bychain rhydd, cadwyni, adar, gwinwydd ac olwynion.

Dawnsio Haf

Rhannai ein hynafiaid y flwyddyn yn ddwy brif ran: haf a gaeaf. Gelwid y dydd cyntaf o Fai yn Galan Haf a'r dydd cyntaf o Dachwedd yn Galan Gaeaf. Oherwydd fod y dydd cyntaf o Fai yn dynodi dechrau'r haf yn yr hen galendr Celtaidd, yr oedd yn adeg i ddathlu ac i gynnal gwyliau ac arferion, yn ymwneud yn arbennig â chadwraeth, yr awyr agored a dadeni ym myd natur. Yr oedd Dawnsio Haf a'r arfer o Godi'r Fedwen neu'r Pawl Haf (yn aml yng nghyd-destun Dawnsio Morris neu Ddawns y Fedwen) ar un adeg yn weithgarwch cyffredin drwy Gymru gyfan. Yn Ne Cymru gelwid yr arfer o godi'r Pawl Haf yn 'Godi'r Fedwen', ac yng Ngogledd Cymru 'Y Gangen Haf'.

Yn y map darlunnir ffurf ar ddawnsio haf a gysylltir yn benodol â gogledd ddwyrain Cymru. Yn y ddawns hon defnyddir torch addurnedig yn hytrach na'r fedwen neu'r pawl haf arferol. Yn ôl H.T.B. (un o'r gohebwyr a roes dystiolaeth fanwl i William Hone ar gyfer ei lyfr *Every-Day Book*, cyf. 1 (1825), colofnau 562–5, ac y cyfeirir ati yn *Welsh Folk Customs*, tt. 104–5) gwneid y dorch drwy glymu polyn neu ffon hir wrth ffrâm drionglog neu sgwâr. Gorchuddid y ffrâm â lliain gwyn, cryf ac arno fe osodid llwyau arian ar ffurf sêr, sgwariau a chylchoedd. Rhwng y rhain yr oedd rhesi o watsus ac, i goroni'r cyfan, yn union ar ben y ffrâm, gyferbyn â'r goes, gosodid yr addurn mwyaf a fenthycwyd – fel arfer cwpan arian neu ddiod-lestr. Gadewid y dorch addurnedig dros nos Galan Mai yn y tŷ fferm lle cafwyd benthyg y mwyaf o'r pethau arian neu yn nhŷ amaethwr parod ei gymwynas a'i haelioni tuag at y tlawd.

Y prif gymeriad yng nghwmni'r ddawns oedd y Cadi neu'r Ffŵl, ac ef a gariai'r dorch. Gwisgai hanner fel dyn a hanner fel merch: côt, gwasgod a pheisiau. Weithiau byddai ganddo fwgwd hyll; dro arall byddai wedi duo'i wyneb a lliwio'i wefusau, ei fochau a'i lygaid yn goch. Gwisgai ei gyd-ddawnswyr ddillad wedi'u haddurno â'r rubanau mwyaf lliwgar posibl. Dawnsient o flaen pob ffermdy, tra byddai'r Cadi'n clownio'i orau i ddifyrru'r teulu ac yn casglu'r arian gan ddiolch a moesymgrymu.

Y Gaseg Fedi

Roedd cywain y cynhaeaf yn llwyddiannus yn achlysur i ddathlu a llawenhau. Un o'r arferion mwyaf poblogaidd – ac yn arbennig yng Ngorllewin Cymru – oedd Y Gaseg Fedi. Dyna'r enw ar yr ysgub olaf o ŷd i'w medi. Enw arall ydoedd 'y gaseg ben fedi'. Yn sir Benfro yr enw arni ydoedd 'gwrach'.

I ddathlu diwedd y cynhaeaf yr oedd yn arfer i adael y twffyn olaf o ŷd ar ei draed heb ei dorri, a byddai'r gwas mawr yn ei blethu'n gelfydd gyda gofal, fel y gwelir yn y darlun. Yn dilyn ceid ymryson rhwng y gweithwyr i dorri'r ysgub â'u crymanau – pob un yn sefyll hyn a hyn o bellter oddi wrth y gaseg fedi. Y gwas mawr fyddai'r cyntaf i roi cynnig arni.

Gwaeddai'r medelwr llwyddiannus ryw rigwm llafar gwlad. Yn sir Gaerfyrddin llinell olaf y rigmarôl ydoedd: 'Pen medi bach mi ces hi.' Ei dasg wedyn – yn wir, ei gamp – oedd cario'r 'gaseg' i'r tŷ fferm a'i gosod yn sych i hongian ar drawst yn y gegin. Byddai merched y tŷ yn tywallt dŵr drosto, neu unrhyw beth gwlyb, er mwyn ceisio gwlychu'r 'gaseg'. Os llwyddai'r cludydd i gario'r 'gaseg' i'r tŷ heb ei gwlychu, yna câi le o anrhydedd wrth y bwrdd bwyd yng ngwledd y cynhaeaf a châi hawlio cymaint o gwrw ag y dymunai. Os methai, byddai'n destun gwawd. Cedwid y gaseg fedi yn y tŷ tan y cynhaeaf canlynol fel addurn ac weithiau, mewn rhai ardaloedd, fel swyn i ddiogelu'r teulu. Yn arbennig yn y rhannau dwyreiniol o Gymru yr oedd yn arferiad i blethu'r cesyg medi yn fwy cain a'u defnyddio'n unig fel addurniadau (tebyg i'r ddwy a ddarluniwyd ar y map).

Ceir amrywiadau ar arfer y Gaseg Fedi mewn rhannau eraill o Ewrop, ac awgrymodd Syr James Fraser yn *The Golden Bough* eu bod, mae'n debyg, yn adlewyrchu hen goel fod ysbryd yr ŷd a grymusterau tyfiant naturiol yn aros yn fyw yn ysgub olaf y cynhaeaf.

Llyfryddiaeth

Cyffredinol

Aarne, Antti a Stith Thompson, *The Types of the Folktale. A Classification and Bibliography*, Folklore Fellows Communications (F.F.C.), 2nd revised edition, Helsinki, 1961.

Briggs, Katharine M., *A Dictionary of British Folk-Tales in the English Language*, part A, vols. 1–2, Routledge and Kegan Paul, London, 1970–1.

Christiansen, Reidar Th., *The Migratory Legends. A Proposed List of Types with a Systematic Catalogue of the Norwegian Variants*, F.F.C., no. 175, Helsinki, 1958.

Dégh, Linda, *Folktales and Society. Story-Telling in a Hungarian Peasant Community*, Indiana University Press, Bloomington, 1969.

Dorson, Richard M., general editor of the series: 'The Folktales of the World', Routledge and Kegan Paul and Chicago University Press, London and Chicago, 1963–

Dundes, Alan, *The Study of Folklore*, Prentice-Hall, Englewood Cliffs, N.J., 1965.

Folklore. Journal of The English Folklore Society, 1878–

Fabula. Journal of Folktale Studies, Berlin and New York, 1957.

Ranke, Kurt, ed., *European Anecdotes and Jests*, Rosenkilde and Bagger, Copenhagen, 1972.

Thompson, Stith, *The Folktale*, The Dryden Press, New York, 1946.

Thompson, Stith, *Motif-Index of Folk Literature*, vols. 1–6, revised edition, Rosenkilde and Bagger, Copenhagen, 1955.

Williams, J.E. Caerwyn, *Y Storïwr Gwyddeleg a'i Chwedlau*, Gwasg Prifysgol Cymru (G.P.C.), Caerdydd, 1972.

Cymru

Bromwich, Rachel, *Trioedd Ynys Prydein. The Welsh Triads*, University of Wales Press (U.W.P.), Cardiff, 1961.

Davies, Elwyn, gol./ed., *Rhestr o Enwau Lleoedd. A Gazetteer of Welsh Place-Names*, G.P.C./ U.W.P., Caerdydd/Cardiff, 1967.

Davies, Jonathan Ceredig, *Folk-Lore of West and Mid-Wales*, the author, Aberystwyth, 1911.

Davies, Sioned*, Crefft y Cyfarwydd. Astudiaeth o dechnegau naratif yn y Mabinogion*, G.P.C., Caerdydd, 1995.

Davies, Sioned, *The Mabinogion. Translated with an Introduction and Notes,* Oxford University Press, 2007.

Evans, Hugh, *Y Tylwyth Teg*, Gwasg y Brython, Lerpwl, 1935.

Evans, Myra, *Casgliad o Chwedlau Newydd*, Cambrian News, Aberystwyth [1926].

Foulkes, Isaac, gol., *Cymru Fu …,* Hughes a'i Fab, Wrecsam, 1862.

Gruffydd, Eirlys, *Gwrachod Cymru*, Gwasg Gwynedd, Caernarfon, 1980.

Gwyndaf Robin, *Storïau Gwerin Cymru*, cyfres Casetiau Amgueddfa Werin Cymru, rhif 1, Caerdydd, 1976.

Gwyndaf, Robin, *The Welsh Folk Narrative Tradition: Adaptation and Continuity*, reprinted from *Folk Life*, vol. 26, 1987–8, National Museum of Wales (Welsh Folk Museum).

Gwyndaf, Robin, *Straeon Gwerin Cymru*, cyfres Llyfrau Llafar Gwlad, rhif 10, Gwasg Carreg Gwalch, Capel Garmon, 1988.

Humphreys, Emyr, *The Taliesin Tradition: A Quest for the Welsh Identity*, Black Raven Press, London, 1983.

Huws, John Owen, *Y Tylwyth Teg*, Llyfrau Llafar Gwlad, rhif 4, 1987.

Huws, John Owen, *Casglu Straeon Gwerin yn Eryri.* Llyfrau Llafar Gwlad, rhif 70, Gwasg Carreg Gwalch, Llanrwst, 2008.

Huws, John Owen, *Straeon Gwerin Ardal Eryri*, cyf. 1 a 2, Gwasg Carreg Gwalch, 2008.

Ifans, Dafydd a Rhiannon, *Y Mabinogion*, diweddariad, ynghyd â rhagymadrodd gan Brynley F. Roberts, Gwasg Gomer, Llandysul, 1980.

Isaac, Evan, *Coelion Cymru*, Gwasg Aberystwyth, 1938.

Jarman, A. O. H., gol., *Chwedlau Cymraeg Canol*, G.P.C., ail arg., 1969.

Jarman, A. O. H., *The Legend of Merlin*, U.W.P., 1960.

Jones, Bedwyr Lewis, *Arthur y Cymry. The Welsh Arthur*, G.P.C./U.W.P., 1975.

Jones, Gwyn a Thomas, *The Mabinogion*, J. M. Dent, Everyman edition, London, 1948.

Jones, J. (Myrddin Fardd), *Llên Gwerin Sir Gaernarfon*, Cwmni y Cyhoeddwyr Cymreig, Caernarfon, 1908.

Jones, Thomas, 'Y Stori Werin yng Nghymru', *Trafodion Cymdeithas Anrhydeddus y Cymmrodorion*, tymor 1970, rhan 1, tt. 16–32.

Jones, T. Gwynn, *Welsh Folklore and Folk-Custom*, Methuen, Llundain, 1930. (Reprinted with a new introduction and bibliography by Arthur ap Gwynn ; D. S. Brewer, Woodbridge and Totowa, 1979.) (Cyflwyniad rhagorol i lên gwerin Cymru.)

Lhuyd, Edward, *Parochialia* …, supplement to *Archaeologia Cambrensis*, vols. 9–11, 6th series, 1909–11.

Llafar Gwlad, cylchgrawn Cymdeithas Llafar Gwlad, 1983–2023.

Owen, Elias, *Welsh Folk-lore: A collection of the Folk-tales and Legends of North Wales*, Woodall and Minshall, Oswestry and Wrexham, 1896. (E.P. Publishing, 1976).

Owen, Trefor M., *Welsh Folk Customs*, National Museum of Wales (Welsh Folk Museum), Cardiff, 1959.

Owen, Trefor M., *The Customs and Traditions of Wales*. Second edition, with an introduction by Emma Lile (U.W.P., Cardiff, 2016).

Parry, Thomas, *Hanes Llenyddiaeth Gymraeg*, G.P.C., 1945, 1953.

Parry-Jones, D., *Welsh Legends and Fairy Lore*, illustrated by Ifor Owen, Batsford, London, 1953.

Rees, Alwyn and Brynley, *Celtic Heritage. Ancient Tradition in Ireland and Wales*, Thames and Hudson, London, 1961.

Rhŷs, John, *Celtic Folklore: Welsh and Manx*, vols. 1–2, The Clarendon Press, Oxford, 1901. (Wildwood House, 1980.)

Sikes, Wirt, *British Goblins: Welsh Folk-lore, Fairy Mythology, Legends and Traditions*, Sampson Law, London, 1880. (E.P. Publishing, 1973).

Stephens, Meic, gol./ed., *Cydymaith i Lenyddiaeth Cymru*, G.P.C., 1986, 1997.

Trevelyan, Marie, *Folk-Lore and Folk Stories of Wales*, Elliot Stock, London, 1909.

Thomas, Gwyn, *Y Mabinogi*, darluniwyd gan Margaret Jones, G.P.C., ar ran Cyngor Celfyddydau Cymru, 1984.

Thomas, Gwyn, *Culhwch ac Olwen*, darluniwyd gan Margaret Jones, G.P.C., ar ran Cyngor Celfyddydau Cymru, 1988.

Williams, Ifor, *Hen Chwedlau*, G.P.C., 1949.

Williams, Ifor, *Chwedl Taliesin*, G.P.C., 1957.

Yates, Dora E., ed., *XXI Welsh Gypsy Folk-Tales*, collected by John Sampson, Gregynog Press, Newtown, 1933. (Robinson Publishing, 1984.)

Margaret Jones gyda'r awdur, ar achlysur lawnsio ei chyfrol hardd, *Llyfr Datguddiad Ioan: The Revelation of John*, yn Llyfrgell Genedlaethol Cymru, 11 Hydref 2008. Golygwyd a chyhoeddwyd y gyfrol gan Robin Gwyndaf (Awst, 2008).

Llun drwy garedigrwydd Arwyn Parry-Jones.

Holwch am bris argraffu!
www.ylolfa.com